U0107906

余冠英古诗选注系列

诗经选

余冠英 注译

商务印书馆
The Commercial Press

图书在版编目（CIP）数据

诗经选 / 余冠英注译 . —北京：商务印书馆，2024
（余冠英古诗选注系列）
ISBN 978-7-100-22863-3

Ⅰ.①诗… Ⅱ.①余… Ⅲ.①《诗经》—注释②《诗
经》—译文 Ⅳ.①I222.2

中国国家版本馆 CIP 数据核字（2023）第 165556 号

目　录

诗经选

前　言

一

　　祖国的文学遗产使我们感到自豪，不仅因为它历史悠久，源远流长，而且因为它丰富灿烂，有优秀的传统。我们的第一部诗歌总集《诗经》就标志着中国文学史的光辉的起点和现实主义文学传统的源头。

　　《诗经》里的三百零五篇作品代表两千五百年前约五百多年间的诗歌创造。《诗经》以外的"逸诗"往往是些零章断句，又多伪托，远不如《诗经》里的作品重要。

　　这些作品，积累到三百零五篇，编定成一部总集，大约在纪元前六世纪中。《左传》所记吴国季札到鲁国观乐时，鲁国为季札所歌各国风诗的次第，和今本《诗经》是相同的。而"诗三百"一语不止一次出于孔子之口，见于《论语》书中。可见在孔子时代《诗经》里的篇数和今本也是差不多的。季札观乐的事在公元前

544 年，正当孔子的幼年。文学史家假定在那时候已经有了和今本大致相同的《诗经》通行本，是可信的。至于《诗经》这个名称，当然起于这部总集成为儒家的经典以后。我们现在仍叫这部书为《诗经》，不过是依照习惯，沿用旧称，并非将它看作"圣贤"的著作，或表示它和一般的诗歌总集有何区别。

《诗经》分为风、雅、颂三个部分。风雅颂是从音乐得名。风是各地方的乐调，"国风"就是各国土乐的意思。古人说"秦风""魏风""郑风"如同今人说"陕西调""山西调""河南调"。"风"字的意思就是声调。

《诗经》有十五国风。其中邶、鄘、卫三风实际都是卫国一国的风。《周南》《召南》都是"南国"之风。这里所谓"南国"泛指洛阳以南直到江、汉的广大地域。全部风诗产生的地域不出陕西、山西、河南、河北、山东及湖北北部。

雅是正的意思，周人所认为的正声叫作雅乐，正如周人的官话叫作雅言。雅字也就是"夏"字，也许原是从地名或族名来的。雅乐又分为大雅、小雅两个部分。"大""小"之别向来没有圆满可信的解释。可能原来只有一种雅乐，无所谓大小，后来有新的雅乐产生，便叫旧的为大雅，新的为小雅。《诗经》里的《大雅》全部产生于西周，《小雅》里兼有东周的诗。

《颂》是用于宗庙祭祀的乐歌。近人王国维《说周颂》道，"颂之声较风雅为缓"，因为颂诗多无韵，不分章，篇制短小，而根据《仪礼》知道奏一首颂的时间是很长的，这些现象都可以用声缓来解释。声缓可能是颂乐的一个特点。清人阮元《释颂》说颂字就是"容"字，容就是"样子"，颂乐是连歌带舞的，舞就有种种样子，因为有这一特点所以叫作颂。这一说近人采取的比较多，但是颂中虽有舞曲，其全部是否为舞曲尚无从证明。所以阮说只是可供参考的一种假说。（容字也有舒缓的意义，读颂为容，可以助成王说。）

颂诗分《周颂》《商颂》《鲁颂》。《商颂》大约是公元前八、七世纪之间宋国的诗，《鲁颂》是公元前七世纪鲁国的诗，体裁风格受了《风》《雅》的影响，和《周颂》不同。

综上所说，风、雅、颂是音乐上的分类。《墨子·公孟》篇道："儒者诵诗三百，弦诗三百，歌诗三百，舞诗三百。"《史记·孔子世家》道："三百五篇，孔子皆弦歌之。"《诗经》和音乐关系密切，是无可怀疑的。

三百零五篇中大部分是各地民间歌谣，小部分是贵族的制作。歌谣的采集方法，先秦书中没有明确的记载。汉朝人却作过一些说明。《汉书·食货志》说："孟春之月群居者将散，行人振木铎徇于路以采诗，献于太师，比其音律以闻于天子。"这是说周朝负责采诗的人是"行人"之官。何休《公羊传注》却说："男年六十女年五十无子者，官衣食之，使民间采诗。乡移于邑，邑移于国，国以闻于天子。"这是说国家为了采集歌谣还养了大批的人。这些大概都是根据汉朝乐府采诗的情形所作出的想象，周人是否有一套采诗制度还是疑问。汉人所想象的情形也是可能有的，但我们以为各国的歌诗聚集到周天子的朝廷，更可能由于诸侯的进献。《论语》和《左传》有列国之间赠乐的记载，诸侯进献土乐于天子也应该是可能有的事。《左传·襄公十一年》："郑人赂晋侯（晋悼公）以师悝、师触、师蠲（三人都是郑国的乐师），歌钟二肆（三十六钟），及其镈磬，女乐二八（女子能奏乐者十六人）。晋侯以乐之半赐魏绛。"晋国是诸侯盟长的地位，可以得郑国赠送音乐，以周天子的地位，列国向他献乐该不是稀有的事。从上引这段记载，更可注意的是乐师可以送给别国。乐师本是掌管音乐的官儿和专家，他们以歌诗诵诗为职业。他们不但熟悉本国的歌谣，还可能是本国采诗工作的负责人或参加者。这些人除了被送给别国之外也能够自由到别国去，如《论语·微子》篇记载着鲁国的"太师挚适齐。亚饭干适楚。三饭缭适蔡。四饭缺适秦……"挚、干、缭、缺都是乐人的名字。乐师们往来于列国，就帮助了各国乐章的传播，他们聚集到王廷，也就使得各国的歌诗汇集于王廷了。

贵族制作的诗，或是为了讽谏与歌颂，或是为了典礼。《国语·周语上》说周厉王"得卫巫，使监谤者。以告，则杀之"。邵公谏道："为川者决之使导，为民者宣之使言。故天子听政，使公卿至于列士献诗，瞽献曲，史献书……"《晋语六》记范文子的话，也提到"在列者献诗"。《毛诗·卷阿传》也说："王使公卿献诗以陈其志。"这些由公卿列士作了献上去的诗都是为了"陈志"，陈志不外讽谏和颂美。此外，遇有祭祀、出兵、打猎、宫室落成等事，往往要奏乐唱诗，这类典礼的诗大概出于天子左右的巫、祝、瞽、史之手。

诗的传授者最初是乐官。古代贵族所受教育以诗乐为先，而掌教者就是乐官。《周礼·春官·太师》:"太师掌六律六同……教六诗,曰风、赋、比、兴、雅、颂。"《礼记·文王世子》:"春诵夏弦,大师诏之瞽宗。"这些话都说明乐官兼管教育,他们是诗学老师。到孔子时代,学术、教育出于私门,仍然以诗为教学的重要科目。

古时贵族阶级学诗有其实用的目的,诗和礼乐不能分,礼乐是贵族阶级生活的重要部分。除了上文说到的讽谏与颂美要用诗,典礼要用诗而外,日常生活中还常常要借诗和音乐来表示情意,其作用几乎等于语言的一部分。《周礼·大司乐》说,"以乐语教国子:兴、道、讽、诵、言、语",这便是以歌辞来表达情意。《荀子·乐论》道,"君子以钟鼓道志",也是说贵族阶级要用"乐语"来表达情意。以乐歌相语大概由来很古,初民生活中男女恋爱就是要用音乐歌唱来交流情感的。这种风俗至今还存留着。古时贵族阶级借诗言志,在外交场合尤其不可少。《左传》《国语》记载外交上赋诗的事很多,有时只是酬酢,有时完全借诗句办交涉。例如《左传·文公十三年》载郑君和鲁君会于棐地,郑君这时要和晋国修好,希望鲁君为他到晋国去说情。在宴会时郑大夫子家赋《小雅·鸿雁》这篇诗,取这诗第一章侯伯哀恤鳏寡,劬劳于野的意思,暗示需要鲁国哀恤,代郑国往晋国关说。鲁大夫季文子答赋的诗是《小雅·四月》,取首章行役逾时,思归祭祀的意思,表示拒绝。子家又赋《鄘风·载驰》的第四章,取其小国有急难,盼望大国援助的意思。季文子又答赋《小雅·采薇》的第四章,取其"岂敢定居"的意思,表示允许为郑国奔走。这一场交涉,两方全借赋诗示意。从这类的记载可以知道春秋时贵族阶级学诗的用处。孔子是强调学诗的，他说，"不学诗无以言"（《论语·季氏》）。又说："诗可以兴，可以观，可以群，可以怨。迩之事父，远之事君，多识夫鸟兽草木之名。"（《论语·阳货》）这是说学诗除了帮助言语还有更广泛的用途。

孔门重诗学，孔子以后的儒者也都讽诵和弦歌"诗三百"，他们谈道说理也常常引诗为证。对于诗的解释也有所传授。他们用诗说诗也和赋诗一样，是断章取义的，他们对于诗义的了解并不完全正确。不过他们对于"诗三百"本文的记诵保存是有功的。否则在诗乐分离之后，这些作品会不会散失，能不能流传，是很成问题的。

二

《周颂》产生于西周前半，《大雅》中从西周初到西周末的诗都有。这两部分的诗在《诗经》中时代较早，性质相近。《周颂》多属祭祀诗，《大雅》里也有不少祭祀诗，《周颂》里多数是周人歌颂祖先的诗，《大雅》里也不少。一般地说，这些诗的艺术价值远不如《国风》和《小雅》，但也有一些值得重视的篇章。《周颂》里春夏祈谷、秋冬报赛的祭歌往往陈述农功，有关于农业生产的比较细致的描写，如《载芟》篇开端九句：

载芟载柞，其耕泽泽（释释）。千耦其耘，徂隰徂畛。侯主侯伯，侯亚侯旅，侯强侯以。有嗿其馌，思媚其妇。

这是说除去草木，将土耕得散松松地。上千对的人一齐耘田，高田低田都有人耕作着。父、子、兄、弟，一个个筋强力壮，劲头儿挺足。送饭的闹闹嚷嚷地来了，都是些漂亮的娘儿们。这是大规模集体劳动的场面，以简短的文字描绘出复杂的动态，正是我们的古代诗歌的特色。又如《良耜》篇写收获的场面道：

获之挃挃，积之栗栗，其崇如墉，其比如栉，以开百室。百室盈止，妇子宁止。

这一节的大意是说：刷刷地收割，多多地堆积。堆得像墙一般高，梳篦一般密。上百的谷仓装满了。女人孩子都得到了休息。这里也是以寥寥几句展示巨幅图景，给人深刻的印象。

叙事诗是《大雅》里的突出部分之一。《绵》《生民》《公刘》三篇是其中更突出的部分。《生民》歌咏周始祖后稷的灵迹和功德，在那些神话化的叙写中反映周人对于这一传说人物的热爱，因为相传他是农业的发明者。

诞寘之隘巷，牛羊腓字之；诞寘之平林，会伐平林；诞寘之寒冰，鸟覆翼之。鸟乃去矣，后稷呱矣。实覃实訏，厥声载路。

这一章写后稷被弃而不死的神异。最初得牛羊喂乳，最后得鸟类覆翼，当群鸟飞去的时候，后稷开始啼哭，声满道路。这些叙写，简洁而生动。三千年前的文学语言已经如此精炼，简直使人不得不惊异了。本篇写后稷试种瓜、豆、禾、麻等庄稼：

荏菽，荏菽旆旆。禾役穟穟。麻麦幪幪。瓜瓞唪唪。

写后稷后来种谷的成绩：

实方实苞，实种实褎。实发实秀，实坚实好。实颖实栗。

这里有丰富多变化的形容词。此种对于庄稼的郑重的描写，反映古人对于掌握农业技术的喜悦。

《公刘》篇写周人由邰到豳的一次移民，从准备起程写到定居营建。关于观测地形、经营宫室、分配田亩、君臣宴饮，以及水利、军制，甚至锻冶等事都有叙写。

陟则在巘，后降在原。何以舟之？维玉及瑶，鞞琫容刀。

挂着佩刀，上下山原。这就是勤劳的移民领袖公刘的形象。

于时处处，于时庐（旅）旅，于时言言，于时语语。

这就是开始得到安居的大众，欢乐笑语的生活图景。

《绵》是写周人在古公亶父率领下，由豳迁到岐下的又一次移民。诗共九章，从迁岐、授田、筑室直写到对外族的斗争。第三章写岐下土地的肥沃道：

周原膴膴，堇荼如饴。

连苦菜都长得像糖一样甜，见得水土之美，真是善于形容了。第五、六章写开始建筑的情形道：

……俾立室家。其绳则直，缩版以载。作庙翼翼。

捄之陾陾，度之薨薨。筑之登登，削屡冯冯。百堵皆兴，薧鼓弗胜。

敲起大鼓本是为了鼓励劳动，但是百堵之墙同时并起，盛土、倒土、捣土、削土的声音把鼓声都压下去了。读了这一段，那场地上众多的工人和十分起劲的劳动一下子就像在读者眼前出现。这真是有声有色的文字。

此外还有《皇矣》《大明》两篇，记文王、武王的武功。五篇联起来便成为一部周人建国的历史。这都是《大雅》中较早的作品，大约产生于周成王时。这些叙事诗也许是祭祀时颂祖之歌，《生民》篇就有人说是郊祀以后稷配天的乐辞。上述三篇虽是歌颂祖德，歌颂英雄，却反映了人民的创造力量、人民的智慧和人民的劳动热情。诗的动人之处就在于此。

西周到夷王、厉王以后，政治腐朽，外患严重。产生了一些士大夫抱怨或讥刺王室的诗，如《板》《荡》《抑》《桑柔》《瞻卬》《召旻》等篇（厉、幽两代产品），暴露了统治阶级内部的矛盾，也反映了社会的混乱与人民的怨恨。这些诗也是《大雅》里重要的部分。为了方便，在下章和《小雅》里的同类的诗合并起来谈。

三

《小雅》里也有不少责斥现实，反映丧乱的诗。这些诗大致产生于西周末叶与东周初年，多数为幽王时代产品，和上举《大雅·召旻》等篇或为同时，或相衔接。

西周的盛世并不长，自昭王穆王以下时时感到承嗣为艰。到夷、厉时代，社会危机便充分暴露。厉王是在"民不堪命"的环境中被"国人"所流逐的。宣王号称"中兴"贤王，对外虽然能抵抗异族，对内反而因为剥削过重，加深了危机。幽王以后一蹶不能复振。东迁以后的周室，共主的资格便名存而实亡了。《大雅·桑柔》相传是厉王时代的诗，形容那时危急情形道：

> 乱生不夷，靡国不泯。民靡有黎，具祸以烬。於乎有哀，国步斯频（濒）。

这是说当时动乱之中人民死丧离散，仅存的人有如焚烧后的余烬，国运已经走到了尽头。《大雅·召旻》相传是幽王时代的诗，形容那时不可收拾的局势道：

旻天疾威，天笃降丧。瘨我饥馑，民卒流亡。我居圉卒荒。

这是说在饥馑流亡的同时，四面受敌，边陲尽陷于荒乱。在这样的时代里，便有些诗人为了追究责任尖锐地指责统治者的昏乱、荒淫、腐朽。《大雅·抑》（厉王时诗）道：

　　其在于今，兴迷乱于政，颠覆厥德，荒湛于酒。女（汝）虽（唯）湛乐从，弗念厥绍。

这是说当时的执政者，倒行逆施，百事俱废，只知饮酒作乐，全不想继承先人的事业。《小雅·十月之交》道：

　　皇父卿士，番维司徒，家伯维宰，仲允膳夫，棸子内史，蹶维趣马，楀维师氏，艳妻煽方处。

这里列举幽王的佞臣七人，是当时的权门。"艳妻"指褒姒。他们内外相结，炙手可热。这都是大胆的揭露。
　　另外一些诗则指出了社会的不平。《小雅·正月》道：

　　佌佌彼有屋，蔌蔌方有谷。民今之无禄，天夭是椓。哿矣富人，哀此茕独！

那些猥陋小人都拥有财产，安乐地生活，而一般人都吃不消灾变，处于悲惨的境地。这是贫富之间的苦乐不均。《小雅·北山》道：

> 或燕燕居息。或尽瘁事国。或息偃在床。或不已于行。
>
> 或不知叫号。或惨惨（懆懆）劬劳。或栖迟偃仰。或王事鞅掌。
>
> 或湛乐饮酒。或惨惨（懆懆）畏咎。或出入风议。或靡事不为。

这是写贵贱之间的劳逸不均。从这样尖锐的对比，可以清楚地看到贵贱的鸿沟，贵者奢逸享乐，贱者被压在劳役重负之下。这篇诗虽说是发个人的牢骚，实在道出了普遍的不平。

《小雅·大东》篇反映了东方诸侯（殷、奄诸族）与周人之间的矛盾。诗中说在西方的周人掠夺之下，"大东小东，杼柚其空"。而东人与西人相比，一切都是不平等的。诗云：

> 东人之子，职劳不来。西人之子，粲粲衣服。舟人之子，熊罴是裘。私人之子，百僚是试。

在这样的对比之下，见出东人被剥削、被奴役的地位和劳苦贫困的生活。

这诗后半列举天上星宿有空名无实用，来说明不合理的现象无处不存在，表示上天也不能有助于东人。

> ……维天有汉，监（鉴）亦有光。跂彼织女，终日七襄。
>
> 虽则七襄，不成报章。睆彼牵牛，不以服箱。东有启明，
> 西有长庚。有捄（觩）天毕，载施之行。
>
> 维南有箕，不可以簸扬。维北有斗，不可以挹酒浆。维
> 南有箕，载翕（歙）其舌。维北有斗，西柄之揭。

这是说：天上的银河照人只有光没有影。织女星织布不能成纹。
牵牛星拉车也不成。天毕星张在路上，用得不得其当。簸箕星不
能拿来簸糠。斗星也不能拿来挹酒浆。末尾说斗星不但不能挹酒
浆，而且它的柄向西方高举着，言外之意似乎是说它像是授柄给
西人向东方挹取似的，也就是说苍天也像是帮助西人对东人进行
剥削的。这篇诗的意思极为沉痛，想象非常生动，表现手法也是
不平凡的。

四

《小雅》里大部分是贵族的作品，小部分是民间歌谣。《国风》
里大部分是民间歌谣，小部分是贵族的作品。在本章里我们试从
《国风》《小雅》来分析当时的民歌对于生产和战争的反映。《诗经》
里许多民歌的产生时代是不能确定的。《国风》里的诗篇，就其中
可以考知时代的部分说，最早的是《豳风·破斧》（周成王时），

最晚的是《陈风·株林》(春秋中陈灵公时)，其余大多数产生于周室东迁以后。因此文学史家按时代排列《诗经》中各部时总是先《周颂》，次《大雅》，次《小雅》，次《国风》，次《商颂》《鲁颂》。这自然是大致的排法。对于某些歌谣，我们既不能知道它被记录于何时，更不知道它在口头流传了多久，怎么能把它归入西周或东周呢？由于这种情形，我们讨论和引用这些民歌时不能像上文那样，完全依照时代的顺序。

诗歌本来起源于劳动。歌谣和劳动的关系向来是密切的。《诗经》里的歌谣不但记录和描写了劳动生活，而且常常借劳动为比兴。如"采葑采菲，无以下体"(《谷风》)，"伐柯伐柯，其则不远"(《伐柯》)之类是以劳动为譬喻；"爰采唐矣"(《桑中》)，"伐木丁丁"(《伐木》)之类是借劳动来起兴。而《周南·芣苢》则是一首劳动歌曲：

采采芣苢，薄言采之。采采芣苢，薄言有之。
采采芣苢，薄言掇之。采采芣苢，薄言捋之。
采采芣苢，薄言袺之。采采芣苢，薄言襭之。

这是妇女采集芣苢(车前子)时所唱的歌，全首三章十二句，只更换了六个动词，却写出了采集所得由少而多的进展。抓紧这诗的节奏，揣摩诗中的情调，设想夏天芣苢结子的时候，山谷里或原野上到处是采芣苢的妇女，到处响着歌声，是怎样的一种光景。方玉润说得好："读者试平心静气，涵咏其诗，恍听田家妇女，三三五五，于平原旷野，风和日丽中群歌互答，余音袅袅，若远若近，忽断忽续，不知其情之何以移而神之何以旷。"（《诗经原始》）简单的言语，简单的韵律，产生巨大的感染力量，这就是民歌的特征。

正如我们从《芣苢》篇能够感染到劳动中的欢乐，我们从《魏风·十亩之间》也能够感染到一番紧张劳动之后休息时的愉快：

> 十亩之间兮，桑者闲闲兮。行与子还兮。
> 十亩之外兮，桑者泄泄兮。行与子逝兮。

这似乎是采桑结束时，采桑者招呼同伴回家的歌唱。这里有鲜明的景色，浓厚的气氛，也是民歌中的上乘了。

《小雅》里有关农事的诗如《信南山》《甫田》《大田》等篇都不是以人民自己的眼光来反映劳动的诗，这里不去说它，单说《豳风·七月》。这篇诗叙述了农家男女全年的辛苦生活，充分反映了被剥削的痛苦。诗中的农民是男为主人耕，女为主人织，还要为主人打猎、盖房子、做衣服、藏冰、造酒。自己的生活是衣不蔽体，吃的是极粗糙的东西，住的是破屋，而他们的辛酸还不只是冻饿，本诗第二章道：

> 春日载阳，有鸣仓庚。女执懿筐，遵彼微行，爰求采桑。
> 春日迟迟，采蘩祁祁。女心伤悲，殆及公子同归。

清代诗人王士祯盛赞这一章能写出阳春的明丽。但是在这样的和风暖日之下，那些青年女子的心却是悲凉的，她们不但劳苦穷困，而且随时有被主人霸占蹂躏的危险。当时农民的悲惨生活在这篇诗里是深刻地描写出来了。

《国风》里还有一些民歌不但反映了剥削和被剥削的关系，而且也反映了被剥削者的反抗思想。例如《魏风·伐檀》：

> 坎坎伐檀兮，寘之河之干兮，河水清且涟漪。不稼不穑，胡取禾三百廛（缠）兮？不狩不猎，胡瞻尔庭有县（悬）貆兮？彼君子兮，不素餐兮！

设想河边上一群伐木的劳动者，对于不劳而食的“君子”，你一言，我一语，作这样的冷嘲热骂，仇恨的情绪表现得岂不是很尖锐吗？那个“胡取禾三百廛兮”的质问提出来是了不起的，这充分表现人民对于现实的清醒的理解。“不稼不穑”而“素餐”的剥削越加重，农民的反抗便更强烈。《魏风·硕鼠》道：

> 硕鼠硕鼠，无食我黍！三岁贯女（汝），莫我肯顾。逝（誓）将去女（汝），适彼乐土。乐土乐土，爰得我所。

这里包蕴着更强烈的愤恨。用“硕鼠”来比剥削阶级，非常恰当地揭示那阶级的本质，农民发出这样的诅咒，并且决心逃亡，可见剥削已残酷到使农民活不下去的程度了。所谓“乐土”（没有剥削的社会）在那时代当然只是空想罢了，但农民的逃亡并不是因为他们相信世上真有一块乐土，而是为了反抗。他们都知道"没有乡下泥脚，饿死城里油嘴"的真理，他们这一"去"对于那些"硕鼠"们确实是一个沉重的打击。

统治者对于人民除了剥削还要奴役。《诗经》里许多篇什表现了人民在徭役重压之下的呻吟和怨恨。《唐风·鸨羽》道：

> 王事靡盬，不能艺稷黍！父母何怙？悠悠苍天！曷其
> 有所？

为了应役，荒废耕作，使父母无人养活，这怎能不怨恨呢？《王风·兔爰》道：

> 我生之初，尚无为；我生之后，逢此百罹。尚寐，无
> （毋）吪！

人民忍受不了无休止的奴役，至于宁愿早早结束生命。还有比这更沉痛的陈诉么？

所谓"王事"自然包括各种劳役，但主要的还是征戍。在人剥削人、人奴役人的社会里，战争对于统治者不过是满足贪欲的寻常手段，对于人民却是莫大的灾祸。因此，除了抵御外族侵略，挽救国家危亡的战争，人民总不会和统治者态度一致。《诗经》里有关战争的民歌，什九是反映战争带给人民的痛苦和人民对于战

争的憎恨。国风里最早的诗《豳风·破斧》便是参加"周公东征"的兵士所作，诗中写到久战归来武器残破的狼狈情况，也写到庆幸生还和痛定思痛的心情，可并不曾有一字半句歌颂周公这位"圣人"的武功。《东山》相传是周公东征奄国时的产品，这诗写远征的兵士役满还乡，当他在还乡路上迈第一步的时候就兴奋地想象到家后换上平民服装，不再参加那人民所不需要的战争。诗云：

> 我东曰归，我心西悲。制彼裳衣，勿士（事）行枚。

这兵士又想到离家太久，家园可能已经荒废，但他却认为无论它怎样荒废，并不是可怕的而仍旧是可怀念的地方。所以又说：

> 果臝之实，亦施于宇。伊（蚰）威（蝛）在室，蠨蛸在户。町
> 畽鹿场，熠耀宵行。不可畏也？伊可怀也。

《破斧》流露对战争的憎恶，《东山》反映对和平生活的热爱，本是一件事情的两面。《小雅·何草不黄》相传是周幽王时的诗，当时征伐不息，征夫怨恨统治者将人不当人，驱使他们奔走四方。"哀我征夫，独为匪民！""匪兕匪虎，率彼旷野。"说得够沉痛的了。《采薇》大约也是西周的诗，写戍边的兵士久历艰苦，在还乡的路上又饱受饥寒，末章八句，痛定思痛，最为感人，是几千年来传诵的名句：

昔我往矣，杨柳依依。今我来思，雨雪霏霏。行道迟迟，载渴载饥。我心伤悲，莫知我哀！

诗人因归途的景物回忆起来时的风光，无限感触都因这一回忆勾引起来。真情实景和动人的音节构成强烈的感染力量。"昔我"四句被晋人谢玄目为三百篇中最好的诗。从曹植以下，许多诗人一再模仿。这不是偶然的。

在这一个选本里还有《邶风·击鼓》《魏风·陟岵》，都是写出征兵士的怀乡恋土之情，《卫风·伯兮》和《王风·君子于役》则是写军人的家属怀念远人，这也是一件事情的两面。以上这些诗所关涉的战争，除了少数不可考的之外，都是统治阶级的内战和侵略战争，其为人民所憎恨是当然的。但是一旦遇到正义的战争，人民便踊跃奔赴，一点也不踌躇，《秦风·无衣》就表现了这一种精神：

岂曰无衣？与子同袍。王于兴师，修我戈矛。与子同仇。

秦国和周民族的死敌西戎逼处，常常有战争而且常常是有关民族安全的战争，是可以想象的。这样的战争自必为人民所支持。热爱和平与坚决勇敢地抵御外族，捍卫国土，同是中华民族的传统，表现于《秦风·无衣》的慷慨从军的精神和表现于《何草不黄》等诗的憎恶战争的情绪是并不矛盾的。

五

在《诗经》里的民歌中占数最多的是有关恋爱和婚姻的诗。"无郎无姐不成歌"（江苏民歌），这情形古今并无二致。朱熹《诗集传序》道："凡诗之所谓风者，多出于里巷歌谣之作，所谓男女相与咏歌，各言其情者也。"男女言情之作确实是风诗的主要内容之一。这些诗产生于不同的地域，时代也不完全相同，其中所反映的风俗不可能一致，不过大致可以看出《诗经》时代劳动人民男女之间的恋爱生活是比较自由的。这些诗大多数是当事者率真大胆的表白，感情大都是诚挚、热烈、素朴、健康的。虽然同属爱情的题材，内容却很少重复，凡属恋爱生活里所有的忧喜得失，离合变化都在这些诗里得到了表现。

对于女子到了适当年龄尚无配偶唯恐耽误青春的心理，《召南·摽有梅》表现得非常真切。

> 摽（受）有梅，其实七兮。求我庶士，迨其吉兮！
> 摽有梅，其实三兮。求我庶士，迨其今兮！
> 摽有梅，顷筐塈（概）之。求我庶士，迨其谓之！

诗分三章，表现一天比一天更迫切的期望，因为用了非常贴切的比喻，使人只觉这种表白天真动人，而不觉其过于直率。

有些诗表现两情未通的时候，一方面的爱慕想望，如《郑风·东门之墠》：

> 东门之墠，茹藘在阪。其室则迩，其人甚远。
>
> 东门之栗，有践家室。岂不尔思，子不我即。

"室迩"是说形迹并不疏远，"人远"是说感情还有距离。这两句写情是很深刻的，已经成为后人常常借用的言语了。

青年男女经过了"投我以木瓜，报之以琼琚"（《卫风·木瓜》）的定情阶段进入密恋生活，在国风里有多种多样的反映。有些诗写幽期密约，如"期我乎桑中，要我乎上宫"（《卫风·桑中》），或"静女其姝，俟我于城隅"（《邶风·静女》）。有些诗写同歌共舞，如"叔兮伯兮，倡，予和女（汝）"（《郑风·萚兮》），和"君子阳阳，左执簧，右招我由房"（《王风·君子阳阳》）。有些诗写相思离别，如"彼采萧兮。一日不见，如三秋兮"（《王风·采葛》），或"未见君子，忧心钦钦。如何如何？忘我实多"（《秦风·晨风》）。有些诗写别后重逢，如"既见君子，云胡不夷"（《郑风·风雨》），或"亦既见止，亦既觏止，我心则降"（《召南·草虫》）。有些诗在叙写某一对情侣的恋爱生活的同时也反映了群众的欢乐，如《郑风·溱洧》写三月上巳，郑国的男男女女，包括这首诗中一对主人公在内，到溱洧两水的岸边欢度节日。那里的景象是"士与女，方秉蕳（兰）兮"，"维士与女，伊其相谑，赠之以勺药"。又如《陈风·东门之枌》写陈国男女拣了好日子在平原之上婆娑共舞，有一位在本诗作者眼中像一朵荆葵花（"视尔如荍"）的姑娘，就在这个场合送给本诗作者一把花椒子儿（"贻我握椒"）作为礼品，传达了情意。这些诗所描写的是顺利美满的恋爱生活，反映出来的环境也是比较自由的恋爱环境。

但是，在另外一些诗里却见出这种自由的限制，"父母之命"是子女婚姻必须通过的一关。从《郑风·将仲子》篇就见出父母对于子女的恋爱活动的干涉。诗中写一个女子不敢允许她的情人逾墙来相会，因为既怕父母和诸兄的责骂，又怕旁人的闲言闲语。可见不得父母同意的恋爱也要受舆论指责，是不能公开的。《鄘风·柏舟》篇也反映出当事人的意愿和父母之命的矛盾，《柏舟》是一个少女在婚姻受到阿母干涉时的表白，虽然她的意志是坚强的，她勇敢地宣称"之死矢靡它"，仍不得不伤心地叫出："母也天只！不谅人只！"读者设想那阿母如果始终"不谅"，这少女的命运又将如何呢？

在漫长的封建社会中，劳动阶级的妇女和男子比较起来地位更低，她们所受的痛苦也就更多些，在恋爱问题上也并不例外。历代的弃妇诗便很清楚地反映了这个情况。在《诗经》国风里也有两篇弃妇诗，那就是《邶风·谷风》和《卫风·氓》。《谷风》的女主人公和《氓》的女主人公性格不同，前者比较柔顺，后者比较刚强，前者在被弃逐的时候还徘徊顾恋，希望那暴夫回心转意，后者却是拉倒就拉倒的态度，只是自悔错认了人罢了。不过她们的遭遇却是同样地不幸，都是糟糠之妻终于下堂。《氓》的女主人公从她自己的痛苦经历认识了两性在恋爱生活上的不平等。她无限哀怨地唱道：

于嗟鸠兮，无食桑葚！于嗟女兮，无与士耽（酖）！士之耽兮，犹可说（脱）也；女之耽兮，不可说（脱）也。

这不是一人一时的牢骚，而是千百万女性的真实悲愤的反映。旧社会的妇女痛苦多，或许这就是向来民歌中女性的歌唱占多数的主要原因吧。

我们不必为《诗经》民歌里的恋爱诗与婚姻诗的各种内容一一举例。但是像《郑风·出其东门》这样的民歌却值得特别一提。这首诗反映了劳动人民对于性爱问题的严肃态度。诗云：

出其东门，有女如云。虽则如云，匪我思存。缟衣綦巾，聊乐我员。

东门游女如云都不能引起这位诗人的注意，只有那"缟衣綦巾"，衣饰朴素的一位姑娘永远占据他的心。这样的表白是一往情深的。这诗和《鄘风·柏舟》同样表现了爱情的专贞。其实《诗经》民歌中绝大多数的情诗都反映着劳动人民忠诚老实的品质，热烈健康的感情和严肃认真的态度。过去的卫道先生们一见《诗经》中那些大胆的爱情表白和赤裸裸的恋爱生活的描写便大叫"淫奔之诗！淫奔之诗！"有些人甚至主张来一次"删诗"，把它们从《诗经》中抹去。他们对于这样自然率真的健康的两性关系不敢正视，而劳动人民看不顺眼的倒是剥削阶级在虚伪的礼文遮掩下的荒淫混乱。在《诗经》里就不乏讽刺和揭发统治阶级荒淫生活的民歌。例如《邶风》中的《新台》,《鄘风》中的《墙有茨》和《鹑之奔奔》,《齐风》中的《南山》《载驱》,《陈风》中的《株林》等篇都属于此类。这些诗表现了人民对于统治者的淫行丑史强烈的憎恶,如云,"中冓之言,不可道也。所可道也,言之丑也"(《墙有茨》)。又云,"鹊之强强,鹑之奔奔。人之无良,我以为君"(《鹑之奔奔》)。这可以说是深恶痛绝了。其中尤以《新台》篇的形象化的讽刺给人深刻印象。其最后一章道:

鱼网之设,鸿则离(丽)之。燕婉之求,得此戚施。

这诗是刺卫宣公的,卫宣公娶了他儿子(名叫伋)的新娘,为了迎娶新娘还在黄河上造了一座新台。卫国人民讥刺这件事,将卫宣公比做癞蛤蟆。

这些诗说明劳动人民在恋爱生活上,和其他方面一样,也表现了比剥削阶级高得多的道德水平。

六

《国风》里还有一些抒情诗不属于上述的范围,其中值得特别注意的是《秦风·黄鸟》,这诗是人民对于统治者残暴行为的公开抗议。据《左传》,秦穆公任好遗命使子车氏的奄息、仲行、鍼虎三人殉葬(当时殉葬者共一百七十人),秦国人民同情这些死难者,为他们唱出这首挽歌。诗共三章,分挽三人,每章都以"如可赎兮，人百其身"二句作结。对于被迫害者表示高度的同情，同时也就是对于迫害者表示强烈的愤怒。《邶风·北风》是反映卫国百姓反对虐政，相携逃亡的诗，诗中以风、雪喻朝政，以狐、乌比君臣。《陈风·墓门》是刺不良执政者的诗，"夫也不良，歌以讯（谇）之（止）"，明白说出作诗的目的。这一类的诗都明显地表现了人民的反抗性。

在丰富多彩的国风中，《豳风·鸱鸮》是非常别致的一篇。这篇全用一只母鸟的口吻诉述她遭受的迫害，育子和营巢的辛苦以及目前处境如何艰难危殆。第一章母鸟对鸱鸮说：

> 鸱鸮鸱鸮！既取我子，无毁我室。恩斯勤斯，鬻（育）子之闵斯。

一开始就哀痛迫切，使读者深受感动。末章不但作鸟的口吻，简直模仿了鸟的声音：

> 予羽谯谯，予尾翛翛。予室翘翘，风雨所漂摇。予维音哓哓。

这是最早的"禽言诗"，可能是以鸟拟人，别有寄托。但即使作为单纯描写鸟类生活的诗也是很有艺术价值的了。这篇诗使人联想到汉乐府里的《枯鱼过河泣》《雉子斑》《蜱蝣行》等篇，都带童话诗的风味，是歌谣中特有的境界。

国风里的诗并非全是劳动人民的创作。有的出于统治阶级最下层的分子，如《邶风·北门》，抱怨劳逸不均和"终窭且贫"，和《小雅·北山》同类。有的出于没落贵族，如《秦风·权舆》，悲叹过去住大屋高房，如今这顿愁着那顿粮。有的出于上层贵族，国君或君夫人，其中穆姬（许穆夫人）的《载驰》是表现了爱国精神的动人的名篇。作者是卫戴公的妹妹，嫁给许穆公。公元前660年，卫国被狄人攻破，卫人迁到黄河以南，暂时安顿在漕邑。许穆夫人回国慰问并为卫国计划向大国求援，但许国君臣因为国小怕事，竭力阻挠她的行动，引起她的极大愤懑。诗的第二、三章对劝阻她的许国大夫们宣告：

> 既不我嘉，不能旋反。视尔不臧，我思不远？
> 既不我嘉，不能旋济。视尔不臧，我思不閟（悶）？

末章语气更为坚决，有百折不回的气概。

> 大夫君子，无我有尤！百尔所思，不如我所之。

读者从这里仿佛直接听到那爱国女诗人的充满战斗精神的声音。

　　《邶风·泉水》和《卫风·竹竿》据魏源《诗古微》的研究可能也是穆姬所作。《泉水》写作者为卫国奔走的种种计划，表现了和《载驰》篇相同的炽盛的感情。《竹竿》写对于祖国和旧日生活的怀念，也是真切委婉的动人作品。《诗经》里可考的作者是极少的，其事迹比较清楚，流传作品较多的只有穆姬一人。

《国风》和《小雅》里有些以美妙的描写被人传诵的名篇，如《卫风·硕人》之描写女性体态，《小雅·斯干》之描写建筑形状，《小雅·无羊》之描写牛羊生活，都是动人的艺术表现。这些诗都未必是劳动人民的创作，但是和民歌民谣的风格是接近的。

七

以上重点地介绍了风、雅、颂各类的诗歌，大致可以看出《诗经》的精华部分是《国风》和《小雅》，特别是其中的民歌民谣。这些民歌民谣是人民以自己的声音歌唱生活，自己的眼光观察现实，"饥者歌其食，劳者歌其事"，直接道出人民的劳苦和幸福，所爱与所憎，他们所受的损害和侮辱，他们的反抗和斗争。直接表现了他们的品德、智慧和天才。这些作品被统治阶级所占有、利用之后不免被改窜和曲解，但它们的光辉终不可掩。这些诗一般都具有一目了然而挹之无尽的单纯而深厚的美。这本是人民的素朴的生活和真淳的感情的反映。其分章复沓的形式特点以及多用叠字的语言特点和它们是歌唱的诗这一特点是分不开的。那些民歌以外的优秀作品也一定程度地反映了社会的真实矛盾和人民的思想感情，或艺术地表现了各阶层生活里的一些片段。后代的优秀诗人往往从《诗经》的现实主义精神得到启发，也从《诗经》的简练生动的语言和丰富多样的艺术表现吸取营养。所以"风雅比兴"便成为"百世楷模"。

这本《诗经选》是《诗经》的缩本和普及本,编选目的是把《诗经》里优秀的作品择要推荐给一般文艺爱好者。《诗经》的解说向来是分歧百出的。注释工作不能完全撇开旧说,一空依傍。我们相信正确的态度是不迷信古人也不抹煞古人。正确的方法是尽可能多参考从汉至今已有的解说,加以审慎的抉择。辨别哪些是家法门户的成见,哪些是由于断章取义的传统方法而产生的误解,哪些是穿凿附会,武断歪曲,哪些是由于诗有异文或字有歧义而产生的分歧。最后一类尽管彼此不同而各有根据,就必须更细致地去比较长短。无论是选用一条旧说,或建立一条新解,首先应求其可通。所谓可通,首先是在训诂上、文法上和历史观点上通得过去。同样可通的不同解说可以并存,如稍有优劣,就仍当加以区别,决定去取,主要应从原诗的思想性和艺术性着眼。例如《伐檀》篇,尽管“二千余年纷纷无定解”(方玉润语),今天读者的看法却渐趋一致,大家都承认这诗的主题是对于剥削者的讽刺。现存的分歧仅在“彼君子兮,不素餐兮”二句,但这种分歧并不影响篇义的了解,而且也并不是不能解决的。这诗中的“素餐”二字有人解为不劳而食,又有人解为非肉不饱,两说都有根据,都可通。但究竟“不劳而食”和“非肉不饱”何者更能说明剥削者的本质呢？其实是可以区别的。这诗中的“君子”有人认为指被讽刺的剥削阶级的大人先生,也有人以为指理想中的圣君贤相,也都可以讲得过去,但是仔细体味原诗的感情和语气,究竟用哪一说才是更有力的表达呢？这也不是不能轩轾的。本书的注释并不墨守一家,也不是全用旧说,其斟酌标准大致如上文所述。

最后还有两点说明：一、本书以阮刻《毛诗注疏》本做底本。如遇某一字有异文优于这个本子，就将异文注在字下，括以括弧。《毛诗》用借字的地方，除了在注中说明它的本字外，并选择较重要的注在正文字下，如诗用古字，就在字下注明今体。这类的注字也都加上括弧。二、诗中罕见的字都注出读音，一般的字只注今音，韵脚读今音不协者同时注明古音。古音的标注以江有诰的《诗经韵读》为主要的依据。注法以直音为主，无直音可注者用注音字母。《诗经》用韵是很复杂的，注者缺乏音学知识，疑难的地方很不少，北京大学王了一教授和周祖谟教授曾在这一方面给予注者很多帮助，应该在这里特别致谢。

余冠英

一九五五年六月

附记：《诗经选》编成于 1955 年。这一次重印，内容有些改变，主要是为了读者的方便，将它和《诗经选译》合并了。合并后篇目有增有删。现在包含《国风》七十八篇，《小雅》二十三篇，《大雅》三篇和《周颂》二篇。总数是一百零六篇。原《选译》本注释简略，合并后将略者稍稍加详，使得全书体例统一。原《诗经选》的注文中有些话，因为加了译文而可以省掉的，也酌删了一些。为了使各篇都有译文，现在加入新译的十六篇，其余都是从原《选译》本移入的。

关于译文的要求，我曾在原《选译》本的《后记》中作过一些说明，这里节录如下：

我曾参考过我所能见到的旧有的《诗经》白话译文，篇数虽不多，译法却有很大的歧异。有的译成散文，有的译成韵文，有的是直译，有的是意译，有的是改作式的翻译。其中有的是可以取法的，有的是可以借鉴的。我在摸索了一段时间之后，对自己的翻译提出几点要求：一、原作如果是格律诗，译文也要是格律诗。二、原作如果是歌谣，译文要尽可能保存歌谣的风格。三、逐句扣紧原诗的意思，而不是逐字硬译。四、译文要读得上口，听得顺耳。五、词汇和句法要有口语的根据。这五条规定说明，除了符合自己所理解的原诗的意思这一基本要求而外，我还要求语言流畅可读，并且多少传达一些原诗的风味情调。这些，对于诗的翻译，原是应有的要求，不过在我自己的实践中，常常是力不从心的。

关于译法问题，郭沫若同志曾在屈原《九章》的译文中写道："原作是诗，你的译文也应该是诗。为了达到这个目的，我们应该允许译者有部分的自由。有时候他不能逐字逐句的硬译。他可以统摄原意，另铸新辞。"我完全同意郭老的意见。……不过我应该承认，我不是"胆大派"，而可能是属于拘谨派。我似乎还不曾充分运用我可以要求的"部分的自由"，不免在细节上打了些"小算盘"。这些译诗不曾增减过行数，不曾颠倒过句子的次序，也不曾放弃过韵脚，这些都说明我的拘谨。有时诗形太整齐，句式少变化，这些缺点可能就是从拘谨来的。……这项工作至今还在试验中，我期待广大读者、研究《诗经》的专家和语言艺术家的指教。我准备反复修改这些译诗，希望最后能达到在准确和流畅两方面无太多的遗憾。

当然，我期待读者和专家批评指正的不仅是本书的译文部分，选目和注释也还要继续斟酌，不断修订，尽可能减少错误，使这本书在古典文学的普及工作上有一些用处。

余冠英

一九七八年十月

国风

周南

关雎

【题解】

　　这诗写男恋女之情。大意是：河边一个采荇菜的姑娘引起一个男子的思慕。那"左右采之"的窈窕形象使他寤寐不忘，而"琴瑟友之""钟鼓乐之"便成为他寤寐求其实现的愿望。

关关雎鸠^①，　　　　参差荇菜^⑤，
在河之洲^②。　　　　左右流之^⑥。
窈窕淑女^③，　　　　窈窕淑女，
君子好逑^④。　　　　寤寐求之^⑦。

【注释】

① 关关：雎鸠和鸣声。雎鸠：即鱼鹰。

② 河：黄河。洲：水中央的陆地。一、二两句是诗人就所见以起兴（起头儿）。

③ 窈窕（音腰挑上声）：美好貌。淑：善。淑女等于说好姑娘。

④ 君子：当时贵族阶级男子的通称。好：男女相悦。逑：同"仇"，配偶。"好""逑"在这里是动词（和《尚书大传》所载《微子歌》"不我好仇"句同例），就是爱慕而希望成为配偶的意思。

⑤ 参差：不齐。荇（音杏）：生长在水里的一种植物，叶心脏形，浮在水上，可以吃。

⑥ 流：通"摎"，就是求或捋取。和下文"采""芼"义相近。以上两句言彼女左右采荇。她采荇时的美好姿态使那"君子"时刻不忘，见于梦寐。

⑦ 睡醒为寤，睡着为寐。寤寐在这里犹言日夜。

36　　　　　　　　　　　　　　　　　　　　　　　　诗经选

求之不得，　　　　　　窈窕淑女，
寤寐思服⑧。　　　　　　琴瑟友之⑪。
悠哉悠哉⑨，
辗转反侧⑩。　　　　　　参差荇菜，
　　　　　　　　　　　　左右芼之⑫。

参差荇菜，　　　　　　　窈窕淑女，
左右采之。　　　　　　　钟鼓乐之⑬。

【注释】

⑧ 服（古读如愎）：思念。"思""服"两字同义。

⑨ 悠哉悠哉：犹悠悠，就是长。这句是说思念绵绵不断。

⑩ 辗就是转。反是覆身而卧。侧是侧身而卧。辗转反侧是说不能安睡。第二、三章
　　写思服之苦。

⑪ 友：亲。"友"字古读如"以"，和上文"采（古音 cǐ）"相韵。

⑫ 芼（音冒）："覒"的借字，就是择。"芼之"也就是"流之""采之"的意思，因为
　　分章换韵所以变换文字。

⑬ 乐：娱悦。"友""乐"的对象就是那"采""芼"之人。最后两章是设想和彼女结婚。
　　琴瑟钟鼓的热闹是结婚时应有的事。

【今译】

鱼鹰儿关关和唱，
在河心小小洲上。
好姑娘苗苗条条，
哥儿想和她成双。

水荇菜长短不齐，
采荇菜左右东西。
好姑娘苗苗条条，
追求她直到梦里。

追求她成了空想，
睁眼想闭眼也想。

夜长长相思不断，
尽翻身直到天光。

长和短水边荇菜，
采荇人左采右采。
好姑娘苗苗条条，
弹琴瑟迎她过来。

水荇菜长长短短，
采荇人左拣右拣。
好姑娘苗苗条条，
娶她来钟鼓喧喧。

诗经选

葛覃

【题解】

　　这诗写一个贵族女子准备归宁的事。由归宁引出"澣衣"，由"衣"而及"绤绤"，由"绤绤"而及"葛覃"。诗辞却以葛覃开头，直到最后才点明本旨。"黄鸟"三句自是借自然景物起兴，似乎与本旨无关，但也未必是全然无关，因为群鸟鸣集和家人团聚是诗人可能有的联想。

葛之覃兮①，　　　　　　　其鸣喈喈⑥。
施于中谷②，
维叶萋萋③。　　　　　　　葛之覃兮，
黄鸟于飞④，　　　　　　　施于中谷，
集于灌木⑤，　　　　　　　维叶莫莫⑦。

【注释】

① 葛：多年生蔓草，茎长二三丈，纤维可用来织布。覃：延长。
② 施（音异）：移。中谷就是谷中。
③ 维：是用在语首的助词，或称发语词，无实义。萋萋：茂盛貌。
④ 黄鸟：《诗经》里的黄鸟或指黄莺，或指黄雀，都是鸣声好听的小鸟。凡言成群飞鸣，为数众多的都指黄雀，这里似亦指黄雀。于：语助词，无实义。
⑤ 群鸟息在树上叫作集。丛生的树叫作"灌木"。
⑥ 喈喈：鸟鸣声。
⑦ 莫莫：犹"漠漠"，也是茂盛之貌。

是刈是濩⑧，　　　　　言告言归⑫。

为𬘓为绤⑨，　　　　　薄污我私⑬，

服之无斁⑩。　　　　　薄澣我衣⑭。

　　　　　　　　　　　害（曷）澣，害否⑮？

言告师氏⑪，　　　　　归宁父母⑯。

【注释】

⑧ 刈：割。本是割草器名，就是镰刀，这里用作动词。濩（音获）：煮。煮葛是为了取其纤维，用来织布。

⑨ 𬘓（音痴）：细葛布。绤（音隙）：粗葛布。

⑩ 斁（音亦）：厌。服之无斁，言服用𬘓绤之衣而无厌憎。

⑪ 言：语助词，无实义。下同。师氏：保姆。

⑫ 告归：等于说请假回家。告是告于公婆和丈夫，归是归父母家。上二句是说将告归的事告之于保姆。

⑬ 薄：语助词，含有勉力的意思。"污"是洗衣时用手搓揉去污。私：指近身的衣服。

⑭ 澣（音缓）：洗濯。衣：指穿在表面的衣服。

⑮ 害：是"曷"的借字，就是何。

⑯ 宁：慰安。以上四句和保姆说：洗洗我的衣服吧！哪些该洗，哪些不用洗？我要回家看爹妈去了。

【今译】

长长的葛藤，　　　　　　　织成粗布细布，
山沟沟里延伸，　　　　　　　穿起来舒舒服服。
叶儿密密层层。
黄雀飞飞成群，　　　　　　　告诉我的保姆，
聚集在灌木林，　　　　　　　我告了假要走娘家。
叽叽呱呱不停。　　　　　　　洗洗我的内衣，
　　　　　　　　　　　　　　洗洗我的外褂。
长长的葛藤，　　　　　　　　该洗的是啥，
山沟沟里蔓延，　　　　　　　甭洗的是啥？
叶儿阴阴一片。　　　　　　　我就要回家看我爹妈。
葛藤割来煮过，

卷耳

这是女子怀念征夫的诗。她在采卷耳的时候想起了远行的丈夫，幻想他在上山了，过冈了，马病了，人疲了，又幻想他在饮酒自宽。第一章写思妇，二至四章写征夫。

采采卷耳①，　　　　　陟彼崔嵬⑤，
不盈顷筐②。　　　　　"我马虺隤⑥！
嗟我怀人③，　　　　　我姑酌彼金罍⑦，
寘彼周行④。　　　　　维以不永怀⑧。"

【注释】

① 采采：是采了又采。采者是一个正怀念着远人的女子。卷耳：菊科植物，又叫作苍耳或枲耳，嫩苗可以吃。

② 顷筐：斜口的筐子，后高前低，簸箕之类。这种筐是容易满的，卷耳又是不难得的，现在采来采去装不满，可见得采者心不在焉。

③ 我：采者自称。怀：思念。

④ 寘：就是"置"。彼：指那盛着卷耳的顷筐。周行（音杭）：大路。她因为怀人之故本没心思采卷耳，索性放下顷筐，搁在大路上。

⑤ 陟：登。"陟彼"的"彼"字是指示形容词，与下文"酌彼"的"彼"字同。崔嵬：高处。这一句写思妇想象行人正登上高山。

⑥ 虺隤（音灰颓），又作"瘣颓"，就是腿软。这是思妇设想行人在说。自此以下的"我"都是思妇代行人自称。

⑦ 姑：且。金罍：盛酒之器。

⑧ 维：发语词，无实义。永怀：犹言长相思。思妇想象行人用酒宽慰自己，使自己不至于老想家。

陟彼高冈，　　　　　陟彼砠矣⑫，

“我马玄黄⑨！　　　　“我马瘏矣⑬，

我姑酌彼兕觥⑩，　　　我仆痡矣⑭！

维以不永伤⑪。”　　　　云何吁（忄）矣⑮！”

【注释】

⑨ 玄黄：病。这里指眼花。

⑩ 兕（音似）：兽名，像牛，青色，有独角。用兕角做的酒杯叫作兕觥（音肱）。

⑪ 永伤：犹“永怀”。

⑫ 砠（音疽）：戴土的石山。

⑬ ⑭ 瘏（音涂）、痡（音敷）都训作病，就是疲劳力竭。

⑮ 云：语助词，无实义。吁，又作“盱”，都是“忄”的借字，忧意。“云何忄矣”等于
说“忧如之何！”

【今译】

东采西采采卷耳，　　　　　行人过冈高难爬，
卷耳不满斜口筐。　　　　　"我的马儿眼发花！
一心想我出门人，　　　　　牛角杯儿斟满它，
搁下筐儿大路旁。　　　　　喝一杯儿莫想家。"

行人上山高又险，　　　　　行人上山石头峭，
"我的马儿腿发软！　　　　　"我的马儿晃摇摇，
且把酒壶来斟满，　　　　　我的伙计快累倒，
好让心儿宽一宽。"　　　　　这份儿忧愁怎得了！"

　　　　　　　　　　　　　　　　　诗经选

芣
苢

【题解】

这篇似是妇女采芣苢子时所唱的歌。开始是泛言往取,最后是满载而归,欢乐之情可以从这历程见出来。

采采芣苢^①,　　　　　采采芣苢,
薄言采之^②。　　　　　薄言捋之^⑤。
采采芣苢,
薄言有之^③。　　　　　采采芣苢,
　　　　　　　　　　　　　薄言袺之^⑥。
采采芣苢,　　　　　　　采采芣苢,
薄言掇之^④。　　　　　薄言襭之^⑦。

【注释】

① 芣苢(音浮以):植物名,就是车前,古人相信它的种子可以治妇女不孕。
② 薄、言都是语助词,见《葛覃》篇。
③ 有(古读如以):采取。上面"采之"是泛言去采,尚未见到芣苢,这里"有之"是见到芣苢动手采取。
④ 掇:拾取。
⑤ 捋:成把地从茎上抹取。
⑥ 袺(音结):手持衣襟来盛东西。
⑦ 襭(音颉):将衣襟掖在带间来盛东西,比手持衣角兜得更多些。

【今译】

车前子儿采呀采，　　　　　　　车前子儿采呀采，
采呀快快采些来。　　　　　　　一把一把捋下来。
车前子儿采呀采，
采呀快快采起来。　　　　　　　车前子儿采呀采，
　　　　　　　　　　　　　　　手提着衣襟兜起来。

车前子儿采呀采，　　　　　　　车前子儿采呀采，
一颗一颗拾起来。　　　　　　　掖起了衣襟兜回来。

汉广

【题解】

　　这是男子求偶失望的诗。全篇用比喻和暗示。

南有乔木①，　　　　　　　　不可泳思④。

不可休息（思）②。　　　　　江之永矣⑤，

汉有游女③，　　　　　　　　不可方思⑥。

不可求思。

汉之广矣，　　　　　　　　翘翘错薪⑦，

【注释】

① 乔木：高耸的树。

② 休：就是"庥荫"之"庥"，"休"与"庥"本是一字。"不可庥"言不能得到它的覆荫，
形容树的高耸。息，《韩诗外传》引作"思"。"思"是语尾助词，无实义。下同。

③ 汉：水名。源出今陕西宁羌北，东流入今湖北，至汉阳入长江。潜行水中为游。游
女指汉水的女神。乔木不可休，游女不可求，都是喻所求之女不得。

④ 泳：古读如"养"。

⑤ 江：长江，长江在古时专称江，或江水。

⑥ 方：训"周匝"，就是环绕。遇小水可以绕到上游浅狭处渡过去，江水太长，不能
绕匝而渡。"不可泳""不可方"也是喻彼女不可求得。

⑦ 翘翘（音乔）：高大貌。错薪：杂乱的柴草。

言刈其楚⑧。　　　　　翘翘错薪，
之子于归⑨，　　　　　言刈其蒌⑪。
言秣其马⑩。　　　　　之子于归，
汉之广矣，　　　　　　言秣其驹⑫。
不可泳思，　　　　　　汉之广矣，
江之永矣，　　　　　　不可泳思。
不可方思。　　　　　　江之永矣，
　　　　　　　　　　　不可方思。

【注释】

⑧ 楚：植物名，落叶灌木，又名荆。以上两句似以错薪比喻一般女子，楚比喻所求
　的女子。
⑨ 之子：犹言那人，指彼女。于：往，女子出嫁叫作归。
⑩ 秣：喂马。马字古读如"姥"，即"暮"字的上声。上两句和末章的三、四两句是
　设想和彼女结婚，喂马是为了驾车亲迎。
⑪ 蒌（音间）：是蒌蒿，菊科植物。一说"蒌"为"芦"字的假借。也是喻所求之女。
⑫ 驹：是五尺至六尺的马。

　　　　　　　　　　　　　　　　　　　　　　　　　　　诗经选

【今译】

有棵高树南方生，
高高树下少凉荫。
汉江女郎水上游，
要想追求枉费心。
好比汉水宽又宽，
游过难似上青天。
好比江水长又长，
要想绕过是枉然。

丛丛杂树一棵高，
砍树要砍荆树条。
有朝那人来嫁我，
先把马儿喂喂饱。

好比汉水宽又宽，
游过难似上青天。
好比江水长又长，
要想绕过是枉然。

杂草丛丛谁高大，
打柴要把芦柴打。
有朝那人来嫁我，
喂饱驹儿把车拉。
好比汉水宽又宽，
游过难似上青天。
好比江水长又长，
要想绕过是枉然。

召南

行露

【题解】

　　一个强横的男子硬要聘娶一个已有夫家的女子，并且以打官司作为压迫女方的手段。女子的家长并不屈服，这诗就是他给对方的答复。诗的大意说：你像麻雀和耗子似的害了我，教我吃官司，但是谁不知道我的女孩儿已经许了人家？你要娶她，你可没有充足的法律根据。我拼着坐牢也不依从你。

厌（浥）浥行露①。　　　谁谓雀无角（噣）④？

岂不夙夜②，　　　　　何以穿我屋？

谓（畏）行多露③？　　　谁谓女无家⑤？

　　　　　　　　　　　何以速我狱⑥？

【注释】

① 厌："浥"的借字。浥浥（音邑），湿貌。行：路。

② 夙夜：早夜，就是夜未尽天未明的时候。

③ "谓"是"畏"的借字，和下文"谁谓"的"谓"不同。以上三句是说只要不在早夜走路就不怕露水，似比喻不犯法就不怕刑罚。

④ 角：指鸟嘴。鸟嘴古人叫作噣，"角"就是"噣"的本字。

⑤ 家：夫家。

⑥ 速：召。第二章的一、二两句和三、四两句的关系虽不是很贴切的比喻却是很自然的联想，因为有角和有家同是有，穿我屋和速我狱同是侵害。第三章一、二两句和三、四两句的关系同此。

虽速我狱，
室家不足⑦。

谁谓鼠无牙？
何以穿我墉⑧？

谁谓女无家？
何以速我讼？
虽速我讼，
亦不女（汝）从。

【注释】

⑦ 室家：犹夫妇，男子有妻叫作有室，女子有夫叫作有家。"室家不足"是说对方要
求缔结婚姻的理由不足。

⑧ 墉：墙。穿屋、穿墉比喻害人的行为。

诗经选

【今译】

道上的露水湿漉漉。　　　　强迫婚姻你的理不足。
难道清早不走路，
还怕那道儿湿漉漉？　　　　谁说那耗子没长牙？
　　　　　　　　　　　　　怎么打通我的墙？
谁说那雀儿没有角？　　　　谁说我女儿没婆家？
怎么穿破我的屋？　　　　　怎么逼我上公堂？
谁说我女儿没婆家？　　　　哪怕你逼我上公堂，
怎么送我进监狱？　　　　　要我依从那可是妄想。
哪怕你送我进监狱，

摽有梅

本篇写女子求偶，希望求婚的男子及时而来。每章一、二两句以梅子坠落比喻青春消逝，三、四两句是她对男子的愿望。

摽（受）有梅^①，　　　　摽有梅，
其实七兮^②。　　　　其实三兮^⑤。
求我庶士^③，　　　　求我庶士，
迨其吉兮^④！　　　　迨其今兮^⑥！

【注释】

① 摽（音殍）："受"的借字，坠落。梅指梅树的果实。有是语助词，古语往往在一个单音词上配一个"有"字，如"有夏""有司"等和"有梅"词例相同。
② 其实七兮：七表多数，言未落的果实还有十分之七，比喻青春所余尚多。兮，语助词，有声无义。
③ 庶：众。士：指未婚的男子。
④ 迨：及。吉：吉日。以上两句是说希望有心追求自己的男子们不要错过吉日良辰。
⑤ 其实三兮：三（古读如森）表少数，言梅子所余仅有十分之三，比喻青春逝去过半。
⑥ 今：是即时的意思。言不必等待了，现在就来吧。

摽有梅，　　　　　　　求我庶士，
顷筐塈（摡）之⑦。　　迨其谓之⑧！

【注释】

⑦ 塈：是"摡（音欷）"的借字，《玉篇》引作"摡"，取。用顷筐取梅，言其落在地上的已经很多了。

⑧ 谓：读为"会"。《诗经》时代有在仲春之月"会男女"的制度，凡男子到三十岁未娶，女子到二十岁未嫁的都借这个会期选择对象，不必依正常的礼制而婚配。一说"谓"是告语，言一语定约。

【今译】

梅子纷纷落地，
还有七分在树。
有心求我的小伙子，
好日子休要耽误！

梅子纷纷落地，
树头只剩三分。

有心求我的小伙子，
到今儿不要再等！

梅子纷纷落地，
得使簸箕来收。
有心求我的小伙子，
只要你开一开口！

小星

【题解】

　　本篇写小臣出差，连夜赶路，想到尊卑之间劳逸不均，不觉发出怨言。"寔命不同""寔命不犹"是和朝中居高位的人比较，虽说委之于命，实在是不平之鸣。和《小雅·北山》的四、五、六等章相类。

嘒（暳）彼小星[1]，　　　　嘒（暳）彼小星，

三五在东[2]。　　　　　　　维参与昴[6]。

肃肃宵征[3]，　　　　　　　肃肃宵征，

夙夜在公[4]。　　　　　　　抱衾与裯[7]。

实（寔）命不同[5]！　　　　实（寔）命不犹[8]！

【注释】

① 嘒，《广韵》作"暳（音惠）"，光芒微弱的样子。

② 三五：似即指下章所提到参、昴（详下）。

③ 肃肃：急急忙忙。宵征：夜行。

④ 夙夜：早晨和夜晚，和《行露》篇的"夙夜"意义不同。公：指公事。这句是说不分早晚都在办着国君的事。

⑤ 实，当作"寔"，即是。

⑥ 参：星宿名。共七星，四角四星，中间横列三星。古人又以横列的三星代表参宿。《绸缪》篇的"三星在户"和本篇的"三五在东"都以三星指参星。昴（音卯）：也是星宿名，又叫旄头，共七星。古人又以为五星，有昴宿之精变化成五老的传说。上章"三五"的五即指昴星。参、昴相近，可以同时出现在东方。

⑦ 衾：被。裯：床帐。

⑧ 不犹：不如。

【今译】

　　小小星儿闪着微微亮，　　　　小小星儿闪着微微亮，
　　三颗五颗出现在东方。　　　　旄头星儿挨在参星旁。
　　急急忙忙半夜来赶路，　　　　急急忙忙半夜来赶路，
　　为了官家早忙晚也忙。　　　　被子帐子都得自己扛。
　　人人有命人人不一样！　　　　人人有命人人比我强！

野有死麕

【题解】

　　这诗写丛林里一个猎人，获得了獐和鹿，也获得了爱情。

野有死麕①，　　　　　　白茅纯束⑥。

白茅包之②。　　　　　　有女如玉。

有女怀春③，

吉士诱之④。　　　　　　"舒而脱脱兮⑦！

　　　　　　　　　　　　无感我帨兮⑧！

林有朴樕⑤，　　　　　　无使尨也吠⑨！"

野有死鹿，

【注释】

① 麕（音军）：兽名，就是獐。

② 白茅：草名，属禾本科。在阴历三四月间开白花。包：古音 bōu。

③ 怀春：春指男女的情欲。

④ 吉士：男子的美称，指那猎获獐子的人。

⑤ 朴樕（音速）：小木。

⑥ 纯束：归总在一块儿捆起来。那"吉士"砍了朴樕做柴薪，用白茅纠成绳索，将它和打死的鹿捆在一处。

⑦ 舒而：犹"舒然"，就是慢慢地。脱脱（音兑）：舒缓的样子。

⑧ 无：表示禁止的词，和"毋"同，"感"是"撼"字的古写，动。帨（音税）：是佩巾，或蔽膝，系在腹前。

⑨ 尨：多毛的狗。末章是女子对那吉士所说的话。她要求他别冒冒失失，别动手动脚，别惹得狗儿叫起来，惊动了人。

【今译】

死獐子撂在荒郊，　　　　　　茅草索一齐捆住。
白茅草把它来包。　　　　　　姑娘啊像块美玉。
姑娘啊心儿动了，
小伙子把她来撩。　　　　　　"慢慢儿来啊，悄悄地来啊！
　　　　　　　　　　　　　　我的围裙可别动！
森林里砍倒小树，　　　　　　别惹得狗儿叫起来啊！"
野地里躺着死鹿，

邶风

柏舟

【题解】

　　这诗的作者被"群小"所制，不能奋飞，又不甘退让，怀着满腔幽愤，无可告语，因而用这篇委婉的歌辞来申诉。关于作者的身份和性别，旧说颇为纷歧，大致有君子在朝失意，寡妇守志不嫁和妇人不得志于夫等说。从诗中用语，像"如匪澣衣"这样的比喻看来，口吻似较适合于女子。从"亦有兄弟，不可以据"两句也见出作者悲怨之由属于家庭纠纷的可能性比较大，属于政治失意的可能性比较小。

泛彼柏舟①，　　　　　　微我无酒⑤，
亦泛其流②。　　　　　　以遨以游⑥。
耿耿不寐③，
如有隐（殷）忧④。　　　　我心匪鉴⑦，

【注释】

① 泛：漂流貌。柏舟：柏木刳成的舟。
② 亦：语助词。这两句是说柏舟泛泛而流，不知所止。作者用来比喻自己的身世。
③ 耿耿：不安貌。
④ 如：犹"而"。隐：幽深。《淮南子·说山训》高诱注引作"殷"，盛大。"隐忧"是深藏隐曲之忧。"殷忧"是大忧，都可以通。
⑤ 微：非。
⑥ 五、六两句言并非我无酒消忧，也不是不得遨游，而是饮酒和遨游都解不了这忧愁。
⑦ 匪：同"非"。鉴：就是镜子。

不可以茹⑧。　　　　　　我心匪席，

亦有兄弟，　　　　　　不可卷也⑪。

不可以据⑨。　　　　　　威仪棣棣⑫，

薄言往愬⑩，　　　　　　不可选（巽）也⑬。

逢彼之怒。

　　　　　　　　　　　忧心悄悄⑭，

我心匪石，　　　　　　愠于群小⑮。

不可转也。　　　　　　覯（遘）闵既多⑯，

【注释】

⑧ 茹：含，容纳。以上两句是说我心不能像镜子对于人影似的，不分好歹，一概容纳。

⑨ 据：依靠。

⑩ 薄言：见《茉苢》篇。愬（音素）：告诉。

⑪ 以上四句言石头是任人转动的，席子是任人卷曲的，我的心却不是这样。也就是说不能随俗，不能屈志。

⑫ 威仪是尊严、礼容。"棣棣"犹"秩秩"，上下尊卑次序不乱之貌。

⑬ 选读为"巽（音逊）"，巽是屈挠退让的意思。

⑭ 悄悄：忧貌。

⑮ 愠：怒。群小：众小人。

⑯ 覯："遘"的借字，遭遇。《楚辞·哀时命》王逸注引作"遘"。闵：痛。因为见怒于群小所以遭遇许多伤痛的事，受了不少侮辱，因此不得不"忧心悄悄"。

受侮不少。 胡迭而微^⑳？
静言思之^⑰， 心之忧矣，
寤辟（擗）有摽^⑱。 如匪澣衣^㉑。
静言思之，
日居月诸^⑲， 不能奋飞。

【注释】

⑰ 静言：犹"静然"，就是仔细地。

⑱ 辟，《玉篇》引作"擗"，就是拊心。摽：捶击。这句是说醒寤的时候越想越痛，初则拊（抚摩）胸，继而捶胸。

⑲ 居、诸：语助词。

⑳ 迭是更迭，就是轮番。微言隐微无光。《小雅·十月之交》篇"彼月而微，此日而微"，微指日月蚀，这里"微"字的意义相似。以上两句问日月为何更迭晦蚀，而不能常常以光明照临世界。言正理常常不得表白。

㉑ 如匪澣衣：像不加洗濯的衣服。以上二句言心上的烦恼不能消除，正如不澣之衣污垢长在。

柏木船儿顺水流，
漂漂荡荡不能休。
两眼睁睁睡不着，
千斤烦恼在心头。
不是要喝没有酒，
也不是没处可遨游。

我心不比青铜镜，
是好是歹都留影。
我有亲弟和亲兄，
谁知兄弟难凭信。
我向他呕胆倒苦水，
他对我瞪起牛眼睛。

我心难把石头比，
哪能随人来转移。
我心难把席子比，

哪能要卷就卷起。
人有尊严事有体，
哪能脖子让人骑。

烦恼沉沉压在心，
小人当我眼中钉。
遭逢苦难说不尽，
忍受欺凌数不清。
我手按胸膛细细想，
猛然惊醒乱捶心。

问过月亮问太阳，
为何有光像无光？
心上烦恼洗不净，
好像一堆脏衣裳。
我手按胸膛细细想，
怎得高飞展翅膀。

绿
衣

【题解】

这是男子睹物怀人，思念故妻的诗。"绿衣黄裳"是"故人"亲手所制，衣裳还穿在身上，做衣裳的人已经见不着（生离或死别）了。

绿兮衣兮，
绿衣黄里①。
心之忧矣，
曷维其已②！

绿兮衣兮，
绿衣黄裳。

心之忧矣，
曷维其亡（忘）③！

绿兮丝兮，
女（汝）所治兮④。
我思古（故）人⑤，
俾无訧兮⑥。

【注释】

① 里：在里面的衣服，似即指下章"黄裳"之"裳"，而不是夹衣的里层。衣在裳外，衣短裳长。从上下说，衣在上，裳在下；从内外说，衣在表，裳在里。

② 曷：何时。已：止。

③ "亡""忘"同字。这两句和《小雅·沔水》篇"心之忧矣，不可弭忘"意同。

④ 治：理。

⑤ 古人：即故人，指故妻。(《古诗·上山采蘼芜》篇"新人虽言好，未若故人姝"，也是称故妻为故人。)

⑥ 俾：使。訧（古读如怡）：过失。这句是说故妻能匡正我，使我无过失。

绨兮绤兮⑦，　　　　　　我思古（故）人，
凄其以风⑧。　　　　　　实获我心⑨。

【注释】

⑦　绤：见《葛覃》篇。丝和绨、绤都是做衣裳的材料，所以联想。

⑧　凄：凉意。这两句是说绨、绤之衣使人穿着感到凉快。

⑨　这一句等于说实在中我的心意。

【今译】

绿色的外衣啊，　　　　　绿色的丝啊，
黄黄的里衣。　　　　　　你亲手理过。
心里的忧伤啊，　　　　　想念啊我的故人，
哪有个了期！　　　　　　纠正我多少差错。

绿色的上衣啊，　　　　　葛布啊有粗有细，
黄黄的裙裳。　　　　　　穿上身凉风凄凄。
心里的忧伤啊，　　　　　想念啊我的故人，
怎能够遗忘！　　　　　　真正是合我心意。

燕燕

这篇是卫君送别女弟远嫁的诗。前三章是送别时的情景。末章写女弟的美德和别时共相勉励的话。

燕燕于飞①，
差池其羽②。
之子于归③，
远送于野④。
瞻望弗及，
泣涕如雨。

燕燕于飞，

颉之颃之⑤。
之子于归，
远于将之⑥。
瞻望弗及，
伫立以泣。

燕燕于飞，
下上其音⑦。

【注释】

① 燕燕：鸟名，或单称燕。
② 差池：不齐貌。羽：指翅。诗人所见不止一燕，飞时有先后，或不同方向，其翅不相平行。
③ 之子：指被送的女子。
④ 野：古读如"宇"。
⑤ 颉：上飞。颃：下飞。
⑥ 将：送。
⑦ 下上其音：言鸟声或上或下。

之子于归，　　　　其心塞渊⑩，

远送于南⑧。　　　　终温且惠⑪，

瞻望弗及，　　　　淑慎其身。

实劳我心。　　　　"先君之思"，

　　　　　　　　　以勖寡人⑫。

仲氏任只⑨，

【注释】

⑧ 南（古音 nín）：指南郊。一说"南"和"林"声近字通。林指野外。

⑨ 仲氏：弟。诗中于归远行的女子是作者的女弟，所以称之为仲氏。任：可以信托的意思。一说任是姓，此女嫁往任姓之国。只：语助词。

⑩ 塞：实。渊：深。

⑪ 终：既。

⑫ 勖：勉。寡人：国君自称之词。以上二句是说仲氏劝我时时以先君为念。

【今译】

燕子飞来飞去，　　　　　　　燕子飞来飞去，
飞飞有前有后。　　　　　　　鸣声忽下忽上。
我的妹子远嫁，　　　　　　　我的妹子远嫁，
送到郊外分手。　　　　　　　送她送到南乡。
望望踪影不见，　　　　　　　望望踪影不见，
泪下如雨难收。　　　　　　　真正使我心伤。

燕子飞来飞去，　　　　　　　妹子能担重任，
飞飞忽降忽升。　　　　　　　思虑切实深沉。
我的妹子远嫁，　　　　　　　慈爱而又温顺，
遥遥送她一程。　　　　　　　为人善良谨慎。
望望踪影不见，　　　　　　　"常常想着父亲"，
呆立泪流满面。　　　　　　　这是她对我的叮咛。

击鼓

【题解】

　　这是卫国远戍陈宋的兵士嗟怨想家的诗。据《左传》,鲁宣公十二年,宋伐陈,卫穆公出兵救陈。十三年,晋国不满意卫国援陈,出师讨卫。卫国屈服。本诗可能和这段史事有关。揣想当时留守在陈宋的军士可能因晋的干涉和卫国的屈服,处境非常狼狈,所以诗里有"爰丧其马"这类的话。第三章和末章都是悲观绝望的口气,和普通征人念乡的诗不尽同。

击鼓其镗①,　　　　　从孙子仲⑤,
踊跃用兵②。　　　　　平陈与宋⑥。
土国城漕③,　　　　　不我以归⑦,
我独南行④。　　　　　忧心有忡⑧。

【注释】

① 镗(音汤):鼓声。
② 踊跃:操练武术时的动作。兵:武器。
③ 土、国同义。城漕:在漕邑筑城。漕邑在今河南滑县东南。
④ 南行:指出兵往陈、宋。这两国在卫国之南。三、四两句表示宁愿参加国内城漕的劳役,不愿从军南征。
⑤ 孙子仲:当时卫国领兵南征的统帅。"孙"是氏,"子仲"是字。孙氏是卫国的世卿。
⑥ 陈国国都在宛丘,今河南淮阳。宋国国都在睢阳,今河南商丘南。"平陈与宋"是说平定这两国的纠纷。
⑦ "以"和"与"通,"不我以归"就是说不许我参与回国的队伍。卫军一部分回国一部分留戍。
⑧ 有忡(音充):犹"忡忡",心不宁貌。

爰居爰处^⑨？　　　　　　　执子之手，

爰丧其马^⑩？　　　　　　　与子偕老。

于以求之^⑪？

于林之下。　　　　　　　　于嗟阔兮^⑭！

　　　　　　　　　　　　　不我活（佸）兮^⑮！

"死生契阔"^⑫，　　　　　　于嗟洵（夐）兮^⑯！

与子成说^⑬。　　　　　　　不我信兮！

【注释】

⑨　爰：疑问代名词，就是在何处。这句是说不晓得哪儿是我们的住处。

⑩　丧：丢失。这句是说不知道将要在哪儿打败仗，把马匹丧失了。

⑪　于以：犹"于何"。以下两句是说将来在哪儿找寻呢？无非在山林之下吧。这是忧虑战死，埋骨荒野。

⑫　死生契阔：言生和死都结合在一起。契，合，阔，疏。"契阔"在这里是偏义复词，偏用"契"义。

⑬　成说：犹"成言"，就是说定了。所说就是"死生契阔""与子偕老"。子：作者指他的妻。下同。

⑭　于嗟：叹词。阔：言两地距离阔远。

⑮　活：读为"佸"，会。

⑯　洵，《释文》谓《韩诗》作"夐"，久远。末章四句是说这回分离得长远了，使我不能和爱人相会，实现"偕老"的誓言。

国风　　　　　　　　　　　　　　　　　　　　　　　　　　　　　　73

【今译】

擂大鼓咚咚地响，　　　　丢马匹哪儿找寻？
练蹦跳又练刀枪。　　　　南方的一片荒林。
家乡里正筑漕城，
偏教我远征南方。　　　　"生和死都在一块"，
　　　　　　　　　　　　我和你誓言不改。
孙子仲把我们率领，　　　让咱俩手儿相搀，
平定了陈宋的纠纷。　　　活到老永不分开。
回老家偏我没份，
可教我心痛难忍。　　　　如今是地角天涯！
　　　　　　　　　　　　想回家怎得回家！
哪儿是安身之地？　　　　如今是长离永别！
在哪儿丢失了马匹？　　　说什么都成空话！

凯风

【题解】

这是儿子怜母的诗。本事不传。《孟子·告子下》"凯风亲之过小者也",大约母氏因小过不得志于其夫,陷于痛苦的境地,儿子悔恨不能劝谏,使阿母免于过失,又自责坐视阿母处境痛苦,不能安慰。

凯风自南①,　　　　　　凯风自南,

吹彼棘心②。　　　　　　吹彼棘薪⑤。

棘心夭夭③,　　　　　　母氏圣善⑥,

母氏劬劳④。　　　　　　我无令人⑦。

【注释】

① 凯:乐。南风和暖,使草木欣欣向荣,所以又叫作凯风。

② 棘心:酸枣树叫作棘。棘心是未长成的棘。作者以凯风喻母,棘心自喻。

③ 夭夭:旺盛貌。

④ 劬(音渠):劳苦。

⑤ 棘薪:已经长成可以做柴薪的棘。长成而只能做柴薪,比喻自己不善。

⑥ "圣""听"古通。听善是听从善言的意思。

⑦ 令:善。以上二句言阿母是能听从善言的,但在我们这七个儿子之中却没有一个善人(不能以善言帮助阿母)。

爰有寒泉^⑧？　　　　　　睍睆黄鸟^⑩，
在浚之下^⑨。　　　　　　载好其音^⑪。
有子七人，　　　　　　有子七人，
母氏劳苦。　　　　　　莫慰母心。

【注释】

⑧ 寒泉：似喻忧患。

⑨ 浚：卫国地名，在楚丘之东。似即作者母子居住的地方。下：古音如"户"。

⑩ 睍睆：黄鸟鸣声，又作"间关"。黄鸟：今名黄雀，是鸣声可爱的小鸟。

⑪ 载：犹"则"。这两句是以鸟有好音反比人无善言。

和风吹来从南方，　　　　　　哪儿泉水透骨寒？
吹着小枣慢慢长。　　　　　　寒泉就在浚城边。
棵棵枣树长得旺，　　　　　　我娘有了七个儿，
累坏了娘啊苦坏了娘。　　　　娘的日子总辛酸。

和风打从南方来，　　　　　　叽叽呱呱黄雀鸣，
风吹枣树成薪柴。　　　　　　黄雀还有好声音。
娘待儿子般般好，　　　　　　我娘有了七个儿，
我们儿子不成材。　　　　　　有谁安慰娘的心。

匏有苦叶

【题解】

    这诗所写的是：一个秋天的早晨，红通通的太阳才升上地平线，照在济水上。一个女子正在岸边徘徊，她惦着住在河那边的未婚夫，心想：他如果没忘了结婚的事，该趁着河里还不曾结冰，赶快过来迎娶才是。再迟怕来不及了。现在这济水虽然涨高，也不过半车轮子深浅，那迎亲的车子该不难渡过吧？这时耳边传来野鸡和雁鹅叫唤的声音，更触动她的心事。

匏有苦（枯）叶①，   有弥济盈⑤，

济有深涉②。   有鷕雉鸣⑥。

深则厉③，   济盈不濡轨⑦，

浅则揭④。   雉鸣求其牡⑧。

【注释】

① 匏：葫芦。涉水的人佩带着葫芦以防沉溺。苦：和"枯"通。叶枯则匏干可用。

② 济：水名。深涉：步行过河叫作涉，涉水的渡口也叫作涉。渡处本来是较浅的地段，现在水涨，也有水深的渡处了。

③ 厉：连衣下水而涉。一说厉是带在腰间。

④ 揭（音器）：揽起衣裳。一说揭是挑在肩头。

⑤ 有弥（音米）：犹"弥弥"，水大时茫茫一片的景象。

⑥ 有鷕（音窈）：犹"鷕鷕"，雌鸣声。

⑦ 濡：湿。轨（古读如九）：车轴的两端。这句是说济水虽满也不过半个车轮那么高。那时人常乘车渡水，所以用车轴做标准来记水位。

⑧ 牡：雄。

雝雝鸣雁⑨，　　　　　招招舟子⑬，

旭日始旦⑩。　　　　　人涉卬否⑭。

士如归妻⑪，　　　　　人涉卬否，

迨冰未泮（牉）⑫。　　　卬须我友⑮。

【注释】

⑨ 雝雝：群雁鸣声。

⑩ 旭日：初出的太阳。旦：明。

⑪ 归妻：等于说娶妻。

⑫ 迨：见《摽有梅》。泮（音叛）：同"牉"，合。以上两句是说男人如来迎娶，要赶
在河冰未合以前。古人以春秋两季为嫁娶正时，这时正是秋季。

⑬ 招招：摇摆，一说号召之貌。舟子：船夫。

⑭ 卬（音昂）：我。女性第一人称代名词。否：古读如"痞"。

⑮ 须：等待。末章说舟子摇船送大家渡河，人家都过去了，我独自留着，我本是来
等朋友的啊。

【今译】

葫芦带叶叶儿黄，　　　雁鹅声声唤雁鹅，
济水深处也能蹚。　　　太阳一出红济河。
水深连着衣裳过，　　　哥如有心来娶妹，
水浅提起长衣裳。　　　莫等冰封早过河。

白水茫茫济河满，　　　船夫摇摇把船摆，
野鸡吆吆将谁唤。　　　旁人过河我等待。
水满不过半轮高，　　　旁人过河我等待，
野鸡婆把鸡公叫。　　　等个人儿过河来。

谷风

【题解】

　　这是弃妇的诗，诉述故夫的无情和自己的痴情。第一章对丈夫委婉地说理，希望免于弃逐。第二章既已被弃，迟迟不肯离去。对照丈夫新婚之乐，感受无限的痛苦。第三章想到新人把自己挤走，鹊巢鸠占，种种不甘心。提出"毋逝""毋发"的警告，但自知无用。第四章诉述一向持家的黾勉。第五章是今昔对比。诉述过去共处患难，现在有了安乐的生活，丈夫就"以我为仇"，"比予于毒"了。第六章还是今昔对比。诉述丈夫的凶暴，不再念及旧情。

> 习习谷风①，　　　　　　不宜有怒④。
> 以阴以雨②。　　　　　　采葑采菲⑤，
> 黾勉同心③，　　　　　　无以下体⑥？

【注释】

① 习习：犹"飒飒"，风声。谷风：来自豁谷的风，即大风。
② 以阴以雨：等于说为阴为雨。风雨比喻丈夫暴怒。
③ 黾（音敏）勉：犹"努力"。
④ 有：犹"又"。三、四两句是说我已经尽力做到和你同心，你不该又发怒。"怒"字和篇末"有洸有溃"相应。
⑤ 葑（音封）：蔓菁。菲（音非）：芦菔。
⑥ 以：用。下体：指根茎。葑和菲的根叶都可以吃。采食葑菲，不能不根叶并用，比喻丈夫对妻不应该只重颜色，不重德行。

德音莫违⑦，　　　　薄送我畿⑫。
及尔同死⑧。　　　　谁谓荼苦，
　　　　　　　　　　其甘如荠⑬。
行道迟迟⑨，　　　　宴尔新昏⑭，
中心有违⑩。　　　　如兄如弟。
不远伊迩⑪，

【注释】

⑦　德音是《诗经》里常见的熟套语，在这里兼指道义和恩意。莫违言前后不要
　　相反。

⑧　及尔同死：等于说"与子偕老"。就是到死都不分离。

⑨　迟迟：慢慢地。这个妇人终于被逐，出门时走得慢腾腾地。

⑩　中心：就是心中。违：相背。她不甘心走也不舍得走，脚向东而心向西，所以是"有
　　违"，所以会"迟迟"。

⑪　伊：语助词，犹"维"。

⑫　畿：就是"机"，门限。上两句是弃妇希望丈夫相送的话，言不要你送远，你就送
　　我到门边吧。

⑬　以上两句是说：荼（音徒）菜的味道，虽然很苦，在我看来已经甜得像荠菜似的了。
　　就是"人人都道黄连苦，我比黄连苦十分"的意思。

⑭　宴：乐。新昏指丈夫娶新人。下句"如兄如弟"形容丈夫新婚之乐，对照自己被
　　弃之苦。

泾以渭浊^⑮， 湜恤我后^㉑？

湜湜其沚（止）^⑯。 就其深矣，

宴尔新昏， 方之舟之^㉒；

不我屑以^⑰。 就其浅矣，

毋逝我梁^⑱， 泳之游之。

毋发我笱^⑲。 何有何亡^㉓，

我躬不阅^⑳，

【注释】

⑮ 泾、渭都是水名，源出甘肃，在陕西高陵合流。这一句是说泾水和渭水相形之下才显得浊。弃妇以泾水自比，渭水比新人，清比美，浊比丑。

⑯ 湜湜（音殖）：水清貌。沚，应从《说文》《玉篇》等书所引作"止"。这句是说泾水在止而不流的时候也是澄清的，可见得也不是真浊。比喻自己的容貌若不和新人比也不见得丑。

⑰ 不屑：犹"不肯"。以：与。以上两句是说你现在因为乐新婚之故才不屑和我同居。

⑱ 梁：是石堰，拦阻水流而留缺口以便捕鱼。逝：往。

⑲ 笱（音苟）：是竹器，承对梁的缺口，用来捉顺水游出的鱼。发：打开。以上两句是要求丈夫不许新人动旧人的东西。

⑳ 躬：身。阅：容。

㉑ 遑恤我后：言何暇顾及后人呢。以上四句又见于《小雅·小弁》篇，或是引用当时的谚语。大约这位弃妇本来要为亲生子女保存一些东西，转念一想自身既不能见容，还顾得了子女么。

㉒ 方：见《汉广》。舟之：用舟渡过。

㉓ 亡：读为"无"。"何有何亡"言不论有无。

国风 83

黾勉求之^㉔。　　　　　　贾用不售^㉘。

凡民有丧，　　　　　　　昔育恐育鞫^㉙，

匍匐救之^㉕。　　　　　　及尔颠覆^㉚。

　　　　　　　　　　　　既生既育，

不我能慉^㉖，　　　　　　比予于毒^㉛。

反以我为仇。

既阻我德^㉗，　　　　　　我有旨蓄^㉜，

【注释】

㉔ 以上四句是下二句的比喻，言家事无论难易都努力操持。

㉕ 匍匐（音蒲伏）：伏在地上，手足并进。在这里用来形容急遽和努力。以上二句是说凡邻居有灾祸都急急救助。

㉖ 能：应依《说文》所引移在句首。慉（音蓄）：同"畜"，爱好。"能不我慉"等于说"乃不我好"。

㉗ 既：尽。阻：犹"拒"。

㉘ 贾（音古）：卖。用：货物。以上二句言我的善意尽被拒而不纳，好像商贩卖货而不能销售。《易林》引诗用作"庸"，就是"佣"。贾佣不售就是说如人要卖身为佣而不能自售。亦通。

㉙ 育：长养，指经营生计。鞫（音菊）：穷。这句连下句就是说从前经营生计，唯恐陷入无以为生的穷境，以至于和你同遭生活困乏之苦。

㉚ 颠覆：谓困穷。

㉛ 既生既育，比予于毒：言生育已经顺利，有了财业之后，你就看待我像毒虫似的了。

㉜ 旨：美。蓄：收藏过冬的菜，如干菜、腌菜之类。一说蓄是菜名。

亦以御冬。　　　　　　　既诒我肄㉟。

宴尔新昏，　　　　　　　不念昔者，

以我御穷㉝。　　　　　　伊余来墍（塈）㊱！

有洸有溃㉞，

【注释】

㉝ 以上四句说你在宴尔新婚的时候就将我抛弃了，是把我当作在穷乏时期权且备用的东西，好像"旨蓄"在冬天备用一样罢了。

㉞ "有洸（音光）"相当于"洸洸"，"有溃"相当于"溃溃"，是水激怒溃决之貌，用来形容暴戾刚狠的样子。

㉟ 既：尽。诒：给。肄（音异）：劳。这句是说尽把劳苦的事使我担负。

㊱ 来是语辞，犹"是"。墍（音戏）是"塈"的借字。塈就是爱。"伊余来塈"就是"维我是爱"。末两句是以旧情动之，言你就不想想当年吗，你是那样爱过我的呀。

【今译】

大风唰啦啦来得凶暴，
乌云才上来大雨就到。
我全心全意依顺着你，
你好没来由平空着恼。
好比采萝蕧跟那蔓菁，
难道要叶儿就不要根？
往日的恩情休要抛弃，
和你过到老永不离分。

我移动脚步慢慢腾腾，
脚步儿才移心又不忍。
只消几步儿并不算远，
送我到门边你肯不肯？
谁说那苦菜味儿太苦，
比起我的苦就是甜荠。
瞧你们新婚如胶似漆，
那亲哥亲妹也不能比。

比起渭水来泾水见浑，

泾水定下来浏浏地清。
只因你新婚如胶似漆，
才撇我一旁不肯挨近。
我的拦鱼坝别让人来，
我的鱼曲笼不许人开。
今儿我自己安不了身，
身后的事儿何必关怀？

好一比过河河水深深，
我用船用筏把河来渡；
好一比过河河水浅浅，
我空手白脚游了过去。
家里有也罢没有也罢，
我尽心尽力备办齐全。
左邻和右舍有了灾难，
我奔走扶助从不迟延。

你不喜不爱也还罢了，
反当我仇人可真不该。

千万种殷勤你不理睬，
好比有货物没处售卖。
从前过日子天天怕穷，
艰难的日子和你相共。
日子到如今过得好了，
你把我当作一只毒虫。

我有那干菜和那腌菜，

防青黄不接用来过冬。
瞧瞧你新婚如鱼得水，
穷乏的时候拿我填空。
你粗声恶气对我叫嚷，
全家的重活教我担当。
从前的种种你都忘了，
你我还不是好过一场！

式微

【题解】

这是苦于劳役的人所发的怨声。他到天黑时还不得回家，为主子干活，在夜露里、泥水里受罪。

式微^①，式微，　　　　　式微，式微，

胡不归？　　　　　　　胡不归？

微君之故^②，　　　　　微君之躬，

胡为乎中露^③！　　　　　胡为乎泥中！

【注释】

① 式：发语词。微：读为"昧"。式微言将暮。

② "微君"的"微"相当于"非"。故：事。

③ 中露：就是露中。

【今译】

天要晚啦，天要黑啦，　　天要晚啦，天要黑啦，
为啥不回家？　　　　　　为啥不回家？
要不是官家事儿多，　　　要不为主子养贵体，
咱哪会露水珠儿夜夜驮！　咱哪会浑身带水又拖泥！

简兮

【题解】

    这诗写卫国公庭的一场万舞。着重在赞美那高大雄壮的舞师。这些赞美似出于一位热爱那舞师的女性。第一章写舞师出场。第二章武舞。第三章文舞。第四章写对于舞师的怀思。

简（侗）兮简（侗）兮^①，

方将万舞^②。

日之方中，

在前上处^③。

硕人俣俣^④，

公庭万舞^⑤。

有力如虎，

执辔如组^⑥。

【注释】

① 简：和"侗"通，武勇之貌。

② 万舞：一种大规模的舞，包含文舞和武舞两个部分。文舞用雉羽和一种叫作籥的乐器，是模拟翟雉的春情的。武舞用干戚，就是盾和板斧，是模拟战术的。

③ 在前上处：在前列的上头。这是舞师（众舞人的领导者）的位置。

④ 硕：大。俣俣（音语语）：大貌，和开头的"侗侗"都是对那硕人，也就是舞师的形容。

⑤ 公庭：公堂前的庭院。

⑥ 辔：马缰绳。组：编织中的一排丝线。万舞以模拟战术的武舞开场，舞仪中或有模拟战车御法的动作。一车有四马，一马两缰，四马共有八条缰，除两条系在车上外，御者手中有六条。如组就是形容这六条缰的整齐。

左手执籥⑦，　　　　　　隰有苓⑫。

右手秉翟⑧。　　　　　　云谁之思⑬？

赫如渥赭⑨。　　　　　　西方美人⑭，

公言锡爵⑩。　　　　　　彼美人兮！

　　　　　　　　　　　西方之人兮！

山有榛⑪，

【注释】

⑦　籥（音月）：乐器名，似笛。用于跳舞的籥比笛长而有六孔或七孔。

⑧　秉：持。翟（古读如濯）：指翟羽，一种长尾雉鸡的羽。以上两句写文舞。

⑨　赫：红而有光。渥：浸湿。赭（音者）：红土。这句描写那舞师的脸红得像染了色似的。

⑩　公：指卫君。锡：赐。爵：酒器名。锡爵是舞停后用酒赏赐。

⑪　榛：木名，就是榛栗。

⑫　隰（音习）：低湿的地方。苓：草名，即卷耳。《诗经》里凡称"山有□，隰有□"而以大树小草对举的往往是隐语，以木喻男，以草喻女，这里两句似乎也是这种隐语。

⑬　云：发语词。之：语中助词，与同。"谁之思"言所思者为谁。

⑭　西方：似指周。美人：指上文称为硕人的那位舞师。

雄赳赳，气昂昂，
瞧他万舞要开场。
太阳堂堂当头照，
瞧他领队站前行。

高高个儿好身材，
公堂前面舞起来。
扮成力士凶如虎，
一把缰绳密密排。

左手拿着管儿吹，

野鸡毛在右手挥。
舞罢脸儿红似染，
公爷教赏酒满杯。

高高榛栗傍山崖，
低田苍耳是谁栽。
千番百遍将谁想？
漂亮人儿西方来。
那人儿可真帅呀嗨！
打从西方来呀嗨！

　　　　　　　　　　　　　　　　诗经选

北门

【题解】

这诗作者的身份似是在职的小官，位卑多劳，生活贫困。因为公私交迫，忧苦无告，所以怨天尤人。

出自北门，	王事适（谪）我⑤，
忧心殷殷①。	政事一埤益我⑥。
终窭且贫②，	我入自外，
莫知我艰③。	室人交遍谪我⑦。
已焉哉④！	已焉哉！
天实为之，	天实为之，
谓之何哉！	谓之何哉！

【注释】

① 殷殷：忧貌。

② 终窭且贫：犹言"既窭且贫"。窭（音巨），本义是房屋迫窄简陋，不合礼数的意思，引申起来便和贫同义。

③ 艰：古读如"根"。

④ 已焉哉：等于说罢了！

⑤ 王事：和周天子有关的事。适：读为"谪（音哲）"，督责。

⑥ 政事：诸侯国内的事。一：犹"皆"。埤（音俾）益我：加给我。

⑦ 室人：指家中亲属。交：犹"俱"。谪：同"谪"。

王事敦我⑧，　　　　　已焉哉！

政事一埤遗我⑨。　　天实为之，

我入自外，　　　　　谓之何哉！

室人交遍摧我⑩。

【注释】

⑧ 敦（读若堆）：迫。

⑨ 埤遗：犹"埤益"。

⑩ 摧，或作"讙"，就是逼迫。

走出北门愁在心，
心头烦恼重千斤。
养家活口顾不上，
我的苦处告谁听。
完啦！得啦！
老天这样安排下，
教我还说什么话！

王爷的差事逼得凶，
公爷的差事压得重。
回到家里来，
谁都对我不放松。

完啦！得啦！
老天这样安排下，
教我还说什么话！

王爷的差事火烧眉，
公爷的差事压断背。
回到家里来，
人人骂我窝囊废。
完啦！得啦！
老天这样安排下，
教我还说什么话！

北风

【题解】

这是"刺虐"的诗。卫国行威虐之政,诗人号召他的朋友相携同去。

北风其凉,　　　　　　　北风其喈(湝)⑤,

雨雪其雰①。　　　　　　雨雪其霏⑥。

惠而好我,　　　　　　　惠而好我,

携手同行②。　　　　　　携手同归。

其虚其邪(徐)③?　　　其虚其邪(徐)?

既亟(急)只且④!　　　既亟(急)只且!

【注释】

① 雨(音芋):动词,雨雪就是落雪。雰:和"滂"通,雪盛貌。第一、第二两章的开端两句以风雪的寒威比虐政的猛烈。

② 惠:爱。这两句是说凡与我友好的人都离开这里一齐走罢。下二章"同归""同车"都是偕行的意思。

③ "其虚其邪"等于说还能够犹豫吗?邪是"徐"的同音假借。虚徐或训舒徐,或训狐疑,在这里都可以通。

④ "既亟只且"等于说已经很急了啊。既训已。亟同"急"。只、且(音疽)是语尾助词。

⑤ 喈:"湝(音皆)"的借字,寒。

⑥ 霏:犹"霏霏",雪密貌。

莫赤匪（彼）狐，　　　　　携手同车。

莫黑匪（彼）乌⑦。　　　　其虚其邪（徐）？

惠而好我，　　　　　　　既亟（急）只且！

【注释】

⑦ 匪：读为"彼"（《诗经》此例甚多）。"莫赤彼狐""莫黑彼乌"就是说没有比那个
狐更赤，比那个乌更黑的了。狐毛以赤为特色，乌羽以黑为特色。狐、乌比执政者。

【今译】

透骨寒北风阵阵，　　　　手拉手投奔他乡。
扑天地大雪纷纷。　　　　还能再磨蹭吗？
让我和亲爱的朋友，　　　情况急得很啦！
手拉手他乡投奔。
还能再磨蹭吗？
情况急得很啦！　　　　　红不过那只骚狐，
　　　　　　　　　　　　黑不过那只老乌。
　　　　　　　　　　　　让我和亲爱的朋友，
寒流逼北风猖狂，　　　　手拉手上车赶路。
满眼里白雪茫茫。　　　　还能再磨蹭吗？
让我和亲爱的朋友，　　　情况急得很啦！

静女

【题解】

　　这诗以男子口吻写幽期密约的乐趣。大意是：那位性情和容貌都可爱的姑娘应约在城楼等他。也许为了逗着玩，她把自己隐蔽起来。他来时不曾立刻发现她，急得"搔首踟蹰"。等到他发觉那姑娘不但依约来到，而且还情意深长地带给他两件礼物时，便大喜过望。那礼物不过是一支涂红的管和几根茅草，但在他看来却是出奇的美丽。他自己也知道，正因为送礼的人是可爱的，这些东西才这么令人喜爱。

静女其姝①，　　　　　　　搔首踟蹰④。

俟我于城隅②。

爱（薆）而不见③，　　　　　静女其娈⑤，

【注释】

① 静：安详。姝：美好貌。

② 城隅：城上的角楼。

③ 爱：是"薆"的借字，《方言》注引作"薆"，隐蔽。薆而：犹"薆然"。那女子躲在暗角落里，使她的爱人一下子找不着她，所以他觉得薆然不见。

④ 搔首踟蹰：用手挠头，同时犹豫不进，这是焦急和惶惑的表现。

⑤ 娈：和"姝"同义。

贻我彤管^⑥。　　　　　　　自牧归（馈）荑^⑨，
彤管有炜^⑦，　　　　　　　洵美且异^⑩。
说（悦）怿女（汝）美^⑧。　　　匪女（汝）之为美^⑪，
　　　　　　　　　　　　　　　美人之贻。

【注释】

⑥ 贻：赠送。彤（音同）：红色。"彤管"是涂红的管子，未详何物，或许就是管笛的管。一说，彤管是红色管状的初生之草。郭璞《游仙诗》"陵冈掇丹荑"，丹荑就是彤管。依此说，此章的"彤管"和下章的"荑"同指一物。

⑦ 炜（音伟）：鲜明貌。

⑧ 悦怿：心喜。汝：指彤管。

⑨ 牧：野外放牧牛羊的地方。归：读为"馈"，赠贻。荑（音题）：初生的茅。彼女从野外采来作为赠品，和彤管同是结恩情的表记。

⑩ 洵美且异：确实是好看而且出奇。

⑪ "匪女（汝）"两句是说并非这柔荑本身有何好处，因为是美人所赠，所以才觉得它美丽。汝指荑，但意思兼包彤管在内。

娴静的姑娘撩人爱，
约我城角楼上来。
暗里躲着逗人找，
害我抓耳又挠腮。

娴静的姑娘长得俏，
送我一把红管草。

我爱你红草颜色鲜，
我爱你红草颜色好。

牧场嫩草为我采，
我爱草儿美得怪。
不是你草儿美得怪，
打从美人手里来。

新台

【题解】

这首诗是卫国人民对于卫宣公的讽刺。卫宣公娶了他儿子的新娘，人民憎恶这件丑事，将他比作癞虾蟆。

新台有泚①，　　　　　　燕婉之求，

河水弥弥②。　　　　　　蘧篨不殄(珍)⑥。

燕婉之求，

蘧篨不鲜③。　　　　　　鱼网之设，

　　　　　　　　　　　　鸿则离(丽)之⑦。

新台有洒④，　　　　　　燕婉之求，

河水浼浼⑤。　　　　　　得此戚施⑧。

【注释】

① 新台：卫宣公所筑台。据《毛诗序》，宣公为他的儿子伋聘齐女为妻，听说她貌美，就想自己娶为夫人，并在黄河上筑台迎接她。有泚（音此）：犹"泚泚"，鲜明貌。

② 弥弥（音米）：水盛满貌。

③ 燕婉，或作"宴婉"，安乐美好貌。蘧篨（音渠除）：即"居诸"，也就是虾蟆，用来比卫宣公。鲜（古音犀）：美。这两句说本来希望美满的新婚生活，不料嫁得这虾蟆似的丑物。这是代齐女设想，下二章仿此。

④ 洒（古音铣）：鲜貌。

⑤ 浼浼（古音免）：盛貌。

⑥ 殄：读为"珍"，美丽。

⑦ 鸿："苦蠪"的合音，苦蠪即虾蟆（说见闻一多《诗新台鸿字说》）。离：读为"丽"，到临。这两句说设网本为捕鱼，却网来一只虾蟆。

⑧ 戚施，《说文》作"酾鼀"，即虾蟆。

102　　　　　　　　　　　　　　　　　　　　　　　　　　诗经选

【今译】

河上新台照眼明，　　　　　　只道嫁个称心汉，
河水溜溜满又平。　　　　　　癞皮疙瘩讨人嫌。
只道嫁个称心汉，
缩脖子虾蟆真恶心。　　　　　下网拿鱼落了空，
　　　　　　　　　　　　　　拿了个虾蟆在网中。
新台高高黄河边，　　　　　　只道嫁个称心汉，
黄河平平水接天。　　　　　　嫁着个缩脖子丑老公。

廊风

柏
舟

【题解】

　　一个少女自己找好了结婚对象，誓死不改变主意。恨阿母不亮察她的心。

泛彼柏舟，　　　　　　　泛彼柏舟，
在彼中河①。　　　　　　在彼河侧。
髧彼两髦②，　　　　　　髧彼两髦，
实维我仪③。　　　　　　实维我特⑦。
之死矢靡它④。　　　　　之死矢靡慝（忒）⑧。
母也天只⑤！　　　　　　母也天只！
不谅人只⑥！　　　　　　不谅人只！

【注释】

① 中河：即河中。

② 髧(音胆)：发下垂貌。男子未冠之前披着头发，长齐眉毛，分向两边梳着，叫作"髦（音毛）"。

③ 维：犹"为"。仪（古读如俄）：匹偶。以上四句说那在河中泛舟，垂着两髦的青年才是我要嫁的人啊。

④ 之：到。矢：誓。靡它犹言无二志。

⑤ 母也天只：唤母同时呼天，是痛心的表示。天：古音 tīn。只：语助词。

⑥ 谅：谅解，亮察。

⑦ 特：匹偶。

⑧ 慝：是"忒"的借字。靡忒就是无所改变。

【今译】

柏木船儿漂荡，　　　　　　柏木船儿漂荡，
在那河中央。　　　　　　　在那河边上。
那人儿海发分两旁，　　　　他的海发分两旁，
他才是我的对象。　　　　　我和他天生一双。
我到死不改心肠。　　　　　我到死不变主张。
我的娘啊！　　　　　　　　我的娘啊！
我的天啊！　　　　　　　　我的天啊！
人家的心思你就看不见啊！　人家的心思你就看不见啊！

诗经选

相鼠

【题解】

　　这首诗是对于丧失廉耻，不成体统的反动统治阶级人物的痛骂，说他连耗子也不如。春秋时代卫国宫廷荒淫无耻的事很多，诗中嘲骂的对象可能不只是个别的。

相鼠有皮，
人而无仪①！
人而无仪，
不死何为？

相鼠有齿，
人而无止②！

人而无止，
不死何俟③？

相鼠有体，
人而无礼！
人而无礼，
胡不遄死④？

【注释】

① 相：视。仪：礼仪。
② 止：读为"耻"。
③ 俟（音似）：等待。
④ 遄（音传）：速。

【今译】

耗子还有皮包身，
做人反而不自尊！
做人反而不自尊，
问你不死还做甚？

瞧那耗子还有齿，
做人反而不知耻！

做人反而不知耻，
还等什么不快死？

瞧那耗子还有体，
做人反而不知礼！
做人反而不知礼，
何不早咽这口气？

载驰

【题解】

　　卫国被狄人破灭后，由于宋国的帮助，遗民在漕邑安顿下来，并且立了新君卫戴公。不久，戴公死，文公立。戴公的妹妹许穆公夫人从许国要到漕邑吊唁，并且为卫国计划向大国求援。许国人不支持她的这些行动，一直在抱怨她、反对她、阻拦她。她在这首诗里表示了她的愤懑。

　　载驰载驱①，　　　　　　大夫跋涉⑤，
　　归唁卫侯②。　　　　　　我心则忧。

　　驱马悠悠③，
　　言至于漕④。　　　　　　既不我嘉⑥，

【注释】

① 载：犹"乃"。
② 凡有丧事向生者吊问叫作唁（音彦），吊人失国也叫作唁。卫侯：指卫文公。
③ 悠悠：长貌，形容道路之远。
④ 漕（古读如愁）：见《击鼓》篇。卫国故都朝歌（在今河南淇县东北）覆灭后宋桓公将卫国的遗民安顿在这里。
⑤ 大夫：指来到卫国劝说许穆夫人回国的许国诸臣。这句连下句就是说诸大夫远道来此，我不免增加了忧愁。
⑥ 既：尽。嘉：善。既不我嘉就是全都不以我的主张为然。许穆夫人的主张是要联合大国（特别是齐国）助卫抗狄。

不能旋反⑦。 陟彼阿丘⑪，

视尔不臧⑧， 言采其蝱⑫。

我思不远？ 女子善怀⑬，

　　　　　　　亦各有行⑭。

既不我嘉， 许人尤之⑮，

不能旋济⑨。 众稚且狂⑯。

视尔不臧，

我思不閟（毖）⑩？ 我行其野，

　　　　　　　芃芃其麦⑰。

【注释】

⑦ 旋反：言回转许国。以上两句是说你们即使都不同意我的主张，我也不能回去。

⑧ 视：比。臧：善。这句连下句就是说比起你们的不高明的意见，我所考虑的难道不深远么？

⑨ 济：止。

⑩ 閟：同"毖"，谨慎。

⑪ 四边高中央低的山叫作丘，有一边偏高就叫作阿丘。这里可能是卫国的丘名。

⑫ 蝱：是"莔（音盲）"的借字，今名贝母，药用植物，属百合科。

⑬ 善怀：就是多愁易感。

⑭ 行：道路。各有行就是各有各的道理。

⑮ 尤：埋怨或责备。

⑯ 众稚且狂：众指许人，稚训骄。作者指斥那些轻视女子的意见而自以为是的许国人都是骄横而且狂妄的。

⑰ 芃芃（音蓬）：盛貌。

控于大邦⑱，　　　　　无我有尤⑳！
谁因谁极（急）⑲。　　百尔所思，
　　　　　　　　　　不如我所之㉑。

大夫君子，

【注释】

⑱ 控：赴告。

⑲ 因：亲。极读为"亟"，就是急。对别人的灾难迫切地关心和及时地援助就叫作
　　急人之难。这句是说谁和我卫国相亲谁就会急我卫国之难。

⑳ 无：同"毋"。尤：古读如"怡"。无我有尤就是说别以为我有什么可责备的。

㉑ 之：往。末两句是说你们上百的主意都不如我自己的决定。

【今译】

轮儿快转马儿不停蹄，
赶回祖国慰问我的兄弟。
车儿奔过漫漫的长途，
来到漕邑祖国的土地。
大夫们赶来不辞辛苦，
我的心儿里不免忧疑。

即使你们都说我不好，
你们也不能把我扭转。
比起你们不高明的主张，
我的眼光难道不长远？

即使你们都说我不好，
你们也不能阻我前进。
比起你们不高明的主张，
我的考虑难道不谨慎？

爬上阿丘高高的山坡，
山坡上采些儿贝母。
妇人家纵然多愁易感，
谁都有她自己的道路。
许国人对我埋怨不休，
这些人真是骄横狂徒。

我走在祖国的郊原，
绿稠稠好一片麦田。
我要把国难向大邦控诉，
谁和我相亲谁赶来救援。

诸位大夫高贵的官长，
不要尽埋怨说我荒唐！
你们就使有千百个主意，
不如我自己决定的方向。

卫风

硕人

【题解】

这是赞美卫庄公夫人庄姜的诗。第一章叙她的出身高贵，第二章写她的美丽，第三章写她初嫁到卫国时礼仪之盛，第四章写她的随从众多而健美。

硕人其颀①，　　　　　　东宫之妹⑤，

衣锦褧衣②。　　　　　　邢侯之姨⑥，

齐侯之子③，　　　　　　谭公维私⑦。

卫侯之妻④，

【注释】

① 硕：大。硕人指卫庄公的夫人庄姜。颀（音祈）：长貌。其颀，《玉篇》引作"颀颀"。古代男女同以硕大颀长为美。

② 褧：音炯。褧衣，是女子嫁时在途中所穿的外衣，用枲麻之类的材料制成。这句是说在锦衣上加褧衣。第一个"衣"字是动词。

③ 齐侯：指齐庄公。子：女儿。

④ 卫侯：指卫庄公。

⑤ 东宫：指齐国太子（名得臣）。东宫是太子所住的宫。这句是说庄姜和得臣同母，表明她是嫡出。

⑥ 邢：国名，在今河北邢台。姨：妻的姊妹。

⑦ 谭：国名，在今山东历城东南。维犹"其"。女子称谓姊妹的丈夫为"私"。

手如柔荑⑧，　　　　　　硕人敖敖⑮，

肤如凝脂⑨，　　　　　　说（税）于农郊⑯。

领如蝤蛴⑩，　　　　　　四牡有骄⑰，

齿如瓠犀⑪，　　　　　　朱帻镳镳⑱。

螓首蛾眉⑫，　　　　　　翟茀以朝⑲。

巧笑倩兮⑬，　　　　　　大夫夙退，

美目盼兮⑭。　　　　　　无使君劳⑳。

【注释】

⑧ 柔荑：荑是初生的茅，已见《静女》篇注。嫩茅去皮后洁白细软，所以用来比女子的手。

⑨ 凝脂：凝冻着的脂油，既白且滑。

⑩ 领：颈。蝤蛴（音囚齐）：天牛的幼虫，白色身长。

⑪ 瓠（音壶）：葫芦类。瓠中的子叫作犀，因其洁白整齐，所以用来形容齿的美。

⑫ 螓（音秦）：虫名，似蝉而小，额宽广而方正。蛾眉：蚕蛾的眉（即触角），细长而曲。人的眉以长为美，所以用蛾眉作比。

⑬ 倩：口颊含笑的样子。

⑭ 盼：黑白分明。

⑮ 敖敖：高貌。

⑯ 说：读为"税"，停息。农郊：近郊。

⑰ 四牡：驾车的四匹牡马。骄：壮貌。

⑱ 朱帻（音坟）：马口旁铁上用红绸缠缚做装饰。镳镳（音标）：盛。

⑲ 茀：读为"蔽"。女子所乘的车前后都要遮蔽起来，那遮蔽在车后的东西叫作茀。翟茀是茀上用雉羽做装饰。朝：是说与卫君相会。

⑳ "大夫"二句是说今日群臣早退，免使卫君劳于政事。

国风　　　　　　　　　　　　　　　　　　　　　　　　115

河水洋洋㉑，
北流活活㉒，
施罛濊濊㉓，
鱣鲔发发㉔。

葭菼揭揭㉕，
庶姜孽孽㉖，
庶士有朅㉗。

【注释】

㉑ 河：指黄河。洋洋：水盛大貌。黄河在卫之西齐之东，庄姜从齐到卫，必须渡河。

㉒ 活活（音括）：水流声。

㉓ 施罛（音孤）：撒鱼网。濊濊（音豁）：撒网下水声。

㉔ 鱣（音毡）：黄鱼。鲔：鳝鱼。发发（音拨）：鱼着网时尾动貌。诗意似以水和鱼喻庄姜的随从之盛。《敝笱》篇云："敝笱在梁，其鱼唯唯。齐子归止，其从如水。"与此相似。

㉕ 葭（音加）：芦。菼（音毯）：荻。揭揭：高举貌。这里写芦荻的高长似与"庶姜""庶士"的高长作联想。

㉖ 庶姜：指随嫁的众女。姜是齐君的姓。孽孽：高长貌。

㉗ 庶士：指齐国护送庄姜的诸臣。朅（音洁）：武壮高大貌。

【今译】

那美人个儿高高，
锦衣上穿着罩衣。
她是齐侯的女儿，
卫侯的娇妻，
东宫的妹子，
邢侯的小姨，
谭公就是她的妹婿。

她的手指像茅草的嫩芽，
皮肤像凝冻的脂膏，
嫩白的颈子像蝤蛴一条，
她的牙齿像瓠瓜的子儿，
方正的前额弯弯的眉毛，
轻巧的笑流动在嘴角，
那眼儿黑白分明多么美好。

那美人个儿高高，
她的车停在近郊。
四匹公马多么雄壮，
马嘴边红绸飘飘。
坐车来上朝，
车后满挂野鸡毛。
贵官们早早退去，
不教那主子操劳。

那黄河黄水洋洋，
黄河水哗哗地淌，
鱼网儿撒向水里呼呼响，
泼剌剌黄鱼鳝鱼都在网。
河边上芦苇根根高耸，
姜家的妇女人人颀长，
那些武士们个个都轩昂。

氓

【题解】

【题解】

　　这是弃妇的诗，诉述她的错误的爱情，不幸的婚姻，她的悔，她的恨和她的决绝。第一、二章写结婚经过，第三章追悔自陷情网，第四、五章写男方负情背德，第六章表示对男方的深恨。

氓之蚩蚩①，　　　　　匪我愆期，
抱布贸丝②，　　　　　子无良媒⑤。
匪来贸丝，　　　　　将子无怒⑥，
来即我谋③。　　　　　秋以为期。
送子涉淇，
至于顿丘④。　　　　　乘彼垝垣⑦，

【注释】

① 氓（音盲）：民。蚩蚩：同"嗤嗤"，戏笑貌。
② 贸：交易。抱布贸丝是以物易物。
③ 即：就。谋：古音 mī。匪：读为"非"。"匪来"二句是说那人并非真来买丝，是找我商量事情来了。所商量的事就是结婚。
④ 淇：水名。顿丘：地名。丘，古读如"欺"。
⑤ 愆期：过期。这两句是说并非我要拖过约定的婚期而不肯嫁，是因为你没有找好媒人。
⑥ 将（音枪）：愿请。
⑦ 垝（音诡）：和"垣"通，墙。

以望复关⑧。 以我贿迁⑫。

不见复关，

泣涕涟涟⑨。 桑之未落，

既见复关， 其叶沃若⑬。

载笑载言。 于嗟鸠兮，

尔卜尔筮⑩， 无食桑葚！

体无咎言⑪。 于嗟女兮，

以尔车来， 无与士耽（酖）⑭！

【注释】

⑧ 复：返。关：在往来要道所设的关卡。女望男到期来会。他来时一定要经过关门。一说"复"是关名。

⑨ 涟涟：涕泪下流貌。她初时不见彼氓回到关门来，以为他负约不来了，因而伤心泪下。

⑩ 烧灼龟甲，观察龟甲的裂纹以判吉凶，叫作卜。用蓍草占卦叫作筮。

⑪ 体：指龟兆和卦兆，即卜筮的结果。无咎言：就是无凶辞。

⑫ 贿：财物，指妆奁。以上四句是说你从卜筮看一看吉凶吧，只要卜筮的结果好，你就打发车子来迎娶，并将嫁妆搬去。

⑬ 沃若：犹"沃然"，润泽貌。以上二句以桑的茂盛时期比自己恋爱满足，生活美好的时期。

⑭ 耽（音担）：贪乐太甚。以上四句以鸠贪吃桑葚（据说鸟吃桑葚过多会昏醉）比女子迷惑于爱情。

士之耽兮，　　　　　渐车帷裳⑳。

犹可说（脱）也⑮；　　女也不爽㉑，

女之耽兮，　　　　　士贰（贰）其行㉒。

不可说（脱）也。　　　士也罔极㉓，

　　　　　　　　　　二三其德㉔。

桑之落矣，

其黄而陨（熉）⑯。　三岁为妇，

自我徂尔⑰，　　　　靡室劳矣㉕，

三岁食贫⑱。　　　　夙兴夜寐㉖，

淇水汤汤⑲，　　　　靡有朝矣。

【注释】

⑮ 说：读为"脱"，解脱。

⑯ 陨：读为"熉"，黄貌。（"其黄而熉"，犹《裳裳者华》篇的"芸其黄矣"，芸也是黄色。）

⑰ 徂：往。

⑱ 食贫：过贫穷的生活。

⑲ 汤汤：水盛貌。

⑳ 渐：浸湿。帷裳：车旁的布幔。以上两句是说被弃逐后渡淇水而归。

㉑ 爽：差错。

㉒ 贰："贰"的误字。"贰"就是"忒"，和"爽"同义。以上两句是说女方没有过失而男方行为不对。

㉓ 罔极：无常，就是没有定准。

㉔ 二三其德：言行为前后不一致。

㉕ 靡：无。靡室劳矣言所有的家庭劳作一身担负无余。

㉖ 兴：起。这句连下句就是说起早睡迟，朝朝如此，不能计算了。

　　　　　　　　　　　　　　　　诗经选

言既遂矣㉗，
至于暴矣。
兄弟不知，
咥其笑矣㉘。
静言思之，
躬自悼矣。

及尔偕老，
老使我怨㉙。

淇则有岸，
隰（濕）则有泮㉚。
总角之宴㉛，
言笑晏晏㉜，
信誓旦旦㉝，
不思其反㉞。
反是不思㉟，
亦已焉哉㊱！

【注释】

㉗ "言"字无义。"既遂"就是《谷风》篇"既生既育"的意思，言生活既已过得顺心。

㉘ 咥（音戏）：笑貌。以上两句是说兄弟还不晓得我的遭遇，见面时喜笑如常。

㉙ "及尔"二句言当初曾相约和你一同过到老，现在偕老之说徒然使我怨恨罢了。

㉚ 隰，当作"濕"，水名，就是漯河，黄河的支流，流经卫国境内。泮：同"畔"，边。以上二句承上文，以水流必有畔岸喻凡事都有边际。言外之意，如果和这样的男人偕老，那就是苦海无边了。

㉛ 男女未成年时结发成两角叫作总角。宴：乐。

㉜ 晏晏：温和。

㉝ 旦旦：明。

㉞ 反：即"返"字。不思其返言不想那样的生活再回来。

㉟ 反是不思是重复上句的意思，变换句法为的是和下句叶韵。

㊱ 哉：古读如"兹"。末句等于说撒开算了罢！

那汉子满脸笑嘻嘻，
抱着布匹来换丝。
换丝哪儿是真换丝，
悄悄儿求我成好事。
那天送你过淇水，
送到顿丘才转回。
不是我约期又改悔，
只怨你不曾请好媒。
我求你别生我的气，
重订了秋天好日期。

到时候城上来等待，
盼望你回到关门来。
左盼右盼不见你的影，
不由得泪珠滚过腮。
一等再等到底见你来，
眼泪不干就把笑口开。
只为你求神问过卦，
卦词儿偏偏还不坏。

我让你打发车儿来，
把我的嫁妆一齐带。

桑树叶儿不曾落，
又绿又嫩真新鲜。
斑鸠儿啊，
见着桑葚千万别嘴馋！
姑娘们啊，
见着男人不要和他缠！
男子们寻欢，
说甩马上甩；
女人沾上了，
摆也摆不开。

桑树叶儿离了枝，
干黄憔悴真可怜。
打我嫁到你家去，
三年挨穷没怨言。
一条淇河莽洋洋的水，

车儿过河湿了半截帷。
做媳妇的哪有半点错，
男子汉儿口是又心非。
十个男人九个行不正，
朝三暮四哪儿有个准。

三年媳妇说短也不短，
一家活儿一个人来担，
起早睡迟辛苦千千万，
朝朝日日数也数不完。
一家生活渐渐兜得转，
把我折腾越来越凶残。
亲弟亲哥哪晓我的事，
见我回家偏是笑得欢。

前思后想泪向肚里咽，
自个儿伤心不用谁来怜。

当初说过和你过到老，
这样到老那才真够冤。
淇水虽宽总有它的岸，
漯河虽阔也有它的边。
记得当年我小他也小，
说说笑笑哪儿有愁烦，
记得当年和他许的愿，
事儿过了想它也枉然。
回头日子我也不妄想，
撒手拉倒好赖都承当！

河广

【题解】

　　这诗似是宋人侨居卫国者思乡之作。卫国在戴公之前都于朝歌，和宋国隔着黄河。本诗只说黄河不广，宋国不远，而盼望之情自在言外。旧说以为和卫文公的妹妹宋桓公夫人有关，未见其必然。

谁谓河广？
一苇杭（舫）之①。
谁谓宋远？
跂予望之②。

谁谓河广？
曾不容刀③。
谁谓宋远？
曾不崇朝④。

【注释】

① 杭，《楚辞·九章》王逸注引诗作"舫（音航）"，渡过。苇可以编筏，一苇舫之是说用一片芦苇就可以渡过黄河了，极言渡河之不难。

② 跂：同"企"，就是悬起脚跟。予：犹"而"。（《大戴记·劝孝》篇"跂而望之"与此同义。）以上两句言宋国并不远，一抬脚跟就可以望见了。这也是夸张的形容法。

③ 曾：犹"乃"。刀：小舟，字书作"舠"。曾不容刀也是形容黄河之狭。

④ 崇：终。从天明到早饭时叫作终朝。这句是说从卫到宋不消终朝的时间，言其很近。

谁说黄河宽又宽？　　　　谁说黄河宽又宽？
过河筏子芦苇编。　　　　难容一只小小船。
谁说宋国远又远？　　　　谁说宋国远又远？
抬起脚跟望得见。　　　　走到宋国吃早饭。

伯
兮

【题解】

这诗写一个妇人思念她的从军远征的丈夫。她想象丈夫执殳前驱，气概英武，颇有一些骄傲之感，但别后刻骨的相思却是够受的，在她寂寞无聊的生活里，那相思不但丢不开，甚至倒成为她宁愿不丢开的东西了。

伯兮朅兮①，　　　　　　自伯之东，
邦之桀兮②。　　　　　　首如飞蓬⑤。
伯也执殳③，　　　　　　岂无膏沐⑥，
为王前驱④。　　　　　　谁适为容⑦！

【注释】

① 伯：或是男子的表字。女子也可以叫她的爱人为"伯""叔"。朅：见《硕人》篇注。
② 桀的本义是特立貌，引申为英杰。
③ 殳（音殊）：兵器名，杖类，长一丈二尺，用竹制成。
④ 前驱：在前导引。
⑤ 蓬：草名。蓬草一干分枝以数十计，枝上生稚枝，密排细叶。枯后往往在近根处折断，遇风就被卷起飞旋，所以叫飞蓬。这句是以飞蓬比头发散乱。
⑥ 膏沐：指润发的油。
⑦ 适（音的）：悦。"谁适为容"言修饰容貌为了取悦谁呢？

　　　　　　　　　　　　　　　　　　　诗经选

其雨其雨，　　　　　　焉得谖草⑪？
杲杲出日⑧。　　　　　　言树之背⑫。
愿言思伯⑨，　　　　　　愿言思伯，
甘心首疾⑩。　　　　　　使我心痗⑬。

【注释】

⑧ 杲（音搞）：明貌。以上两句言盼望下雨时心想：下雨吧下雨吧！而太阳偏又出
　　现，比喻盼望丈夫回家而丈夫偏不回来。

⑨ 愿言：犹"愿然"，沉思貌。

⑩ 疾：犹"痛"。甘心首疾言虽头痛也是心甘情愿的。

⑪ 谖：忘。谖草是假想的令人善忘之草。后人因为谖和萱同音，便称萱草为忘
　　忧草。

⑫ 树：动词，种植。背：古文和"北"同字。这里背指北堂，或称后庭，就是后房的
　　北阶下。以上二句是说世上哪有谖草让我种在北堂呢？也就是说要想忘了心上
　　的事是不可能的。

⑬ 痗（音每，又音悔）：病。

【今译】

我的哥啊多英勇，　　　好像天天盼下雨，
在咱卫国数英雄。　　　天天太阳像火盆。
我哥手上拿殳杖，　　　一心只把哥来想，
为王打仗做先锋。　　　哪怕想得脑袋疼。

打从我哥东方去，　　　哪儿去找忘忧草？
我的头发乱蓬蓬。　　　为我移到北堂栽。
香油香膏哪缺少，　　　一心只把哥来想，
叫我为谁来美容！　　　病到心头化不开。

　　　　　　　　　　　诗经选

木瓜

【题解】

这是情人赠答的诗，作者似是男性。他说：她送我木瓜桃李，我用佩玉来报答，其实这点东西哪里就算报答呢，不过表示长久相爱的意思罢了。

投我以木瓜^①，　　　　　匪报也，
报之以琼琚^②。　　　　　永以为好也。
匪报也，
永以为好也^③。　　　　　投我以木李，
　　　　　　　　　　　　报之以琼玖^⑥。
投我以木桃^④，　　　　　匪报也，
报之以琼瑶^⑤。　　　　　永以为好也。

【注释】

① 木瓜：植物名，落叶灌木，又名楙（音茂），果实椭圆。
② 琼：赤玉。又是美玉的通称。琚：佩玉名。"琼琚"和下二章的"琼瑶""琼玖"都是泛指佩玉而言。
③ 好：爱。
④ 木桃：就是桃子，下章的木李也就是李子，为了和上章木瓜一律，所以加上木字。
⑤ 瑶：美石，也就是次等的玉。
⑥ 玖（音久）：黑色的次等玉。

【今译】

她送我木瓜，
我拿佩玉来报答。
不是来报答，
表示永远爱着她。

她送我鲜桃，
我拿佩玉来还报。

不是来还报，
表示和她长相好。

她送我李子，
我拿佩玉做回礼。
不是做回礼，
表示和她好到底。

王风

黍离

《毛诗序》说周人东迁后有大夫行役到故都，见宗庙宫室，平为田地，遍种黍稷。他忧伤彷徨，"闵周室之颠覆"，因而作了这首诗。此说在旧说之中最为通行，但从诗的本身体味，只见出这是一个流浪人诉忧之辞，是否有关周室播迁的事却很难说。所以"闵周"之说只可供参考而不必拘泥。

彼黍离离①，
彼稷之苗②。
行迈靡靡③，
中心摇摇④。

知我者谓我心忧，
不知我者谓我何求⑤。
悠悠苍天⑥！
此何人（仁）哉⑦？

【注释】

① 黍：小米。离离：行列貌。
② 稷：高粱。头两句是说黍稷离离成行，正在长苗的时候。"离离"和"苗"虽然分在两句实际是兼写黍稷。下二章仿此。
③ 迈：行远。行迈等于说行行。靡靡：脚步缓慢的样子。
④ 中心：就是心中。摇摇，又作"愮愮"，是心忧不能自主的感觉。
⑤ 这两句说：了解我的人见我在这里徘徊，晓得我心里忧愁，不了解我的人还当我在寻找什么呢。
⑥ 悠悠：犹"遥遥"。
⑦ 此：指苍天。人：读为"仁"（人、仁古字通），问苍天何仁，等于说"昊天不惠"。

彼黍离离，   彼黍离离，

彼稷之穗⑧。   彼稷之实。

行迈靡靡，   行迈靡靡，

中心如醉。   中心如噎⑨。

知我者谓我心忧，   知我者谓我心忧，

不知我者谓我何求。   不知我者谓我何求。

悠悠苍天！   悠悠苍天！

此何人（仁）哉？   此何人（仁）哉？

【注释】

⑧ 第二、三章的头两句是说黍稷成穗结实。从抽苗到结实要经过六七个月。不过
苗、穗、实等字的变换也可能为了分章换韵，不必呆看作写时序的变迁。

⑨ 噎：气逆不能呼吸。

【今译】

黍子齐齐整整，
高粱一片新苗。
步儿慢慢腾腾，
心儿晃晃摇摇。
知道我的说我心烦恼，
不知道的问我把谁找。
苍天苍天你在上啊！
是谁害得我这个样啊？

黍子排成了队，
高粱长出了穗。
步儿慢慢腾腾，
心里好像酒醉。

知道我的说我心烦恼，
不知道的问我把谁找。
苍天苍天你在上啊！
是谁害得我这个样啊？

黍子整整齐齐，
高粱长足了米。
步儿慢慢腾腾，
心里像噎着气。

知道我的说我心烦恼，
不知道的问我把谁找。
苍天苍天你在上啊！
是谁害得我这个样啊？

君子于役

【题解】

　　这诗写丈夫久役，妻在家怀念之情。每当家禽和牛羊归来的黄昏时候便是她想念最切的时候。

君子于役①，　　　　　　君子于役，

不知其期。　　　　　　　不日不月⑤。

曷至哉②？　　　　　　　曷其有佸⑥？

鸡栖于埘③，　　　　　　鸡栖于桀⑦，

日之夕矣，　　　　　　　日之夕矣，

羊牛下来④。　　　　　　羊牛下括（佸）⑧。

君子于役，　　　　　　　君子于役，

如之何勿思！　　　　　　苟无饥渴⑨。

【注释】

① 君子：妻对夫的称谓。于：往。役：指遣戍远地。

② 曷至哉：言何时归来。

③ 凿墙做成的鸡窠叫作埘（音时）。

④ 来：古读如"厘"。

⑤ 不日不月：不可以日月计算。这是"不知其期"的另一种说法。

⑥ 有：读为"又"。佸：会。有佸就是再会。

⑦ 桀：是"榤"的省借，就是小木桩。

⑧ 括：和"佸"字变义同。牛羊下来而群聚一处叫作下括。

⑨ 苟：且。且无饥渴是希望他无饥渴而又不敢确信。

【今译】

丈夫当兵去远方，　　　　　丈夫当兵去得远，
谁知还有几年当。　　　　　多少月呀多少天。
哪天哪月回家乡？　　　　　几时团来几时圆？
鸡儿上窠，　　　　　　　　鸡儿上窠，
西山落太阳，　　　　　　　太阳落了山，
羊儿牛儿下了冈。　　　　　羊儿牛儿进了栏。
丈夫当兵去远方，　　　　　丈夫当兵去得远，
要不想怎么能不想！　　　　但愿他粗茶淡饭不为难。

　　　　　　　　　　　　　　　诗经选

兔爰

【题解】

这诗是小民在徭役重压之下的痛苦呻吟。诗人觉得他从生到这世上来就落在统治者的罗网里，天天做牛马，处处是灾难，逃脱的办法唯有一死。

有兔爰爰^①，　　　　　有兔爰爰，

雉离于罗^②。　　　　　雉离于罦^⑥。

我生之初，　　　　　　我生之初，

尚无为^③；　　　　　　尚无造^⑦；

我生之后，　　　　　　我生之后，

逢此百罹^④。　　　　　逢此百忧。

尚寐，　　　　　　　　尚寐，

无（毋）吪^⑤！　　　　　无（毋）觉！

【注释】

① 爰爰：犹"缓缓"，宽纵貌。

② 离：遭，也就是着。罗：网。这里将兔比享受着自由的人，雉比自由被剥夺的人。

③ 无为（古读如讹）：指无劳役。"为"和"徭役"的"徭"古同字。

④ 罹：古读如"罗"。百罹是说多种忧患。

⑤ 尚：犹"庶几"，表希望的意思。吪：动。这句是说但求长眠不醒，也就是不愿再活着的意思。下二章末句意同。

⑥ 罦（音孚）：附设机轮的网，又叫作覆车网。

⑦ 造：营造。无造也是说没有劳役。

有兔爰爰，　　　　　我生之后，
雉离于罿⑧。　　　　逢此百凶。
我生之初，　　　　　尚寐，
尚无庸⑨；　　　　　无（毋）聪⑩！

【注释】

⑧ 罿（音冲）：捕鸟网名。

⑨ 庸：劳。

⑩ 聪：闻。

【今译】

兔儿自由自在，　　　　　　打我来到世上，
野鸡落进网来。　　　　　　千般苦难跟牢。
听说我们上代，　　　　　　睡吧永远睡吧，
甭为官府当差；　　　　　　双眼一闭拉倒！
打我来到世上，
到处都有迫害。　　　　　　兔儿不慌不忙，
睡吧永远睡吧，　　　　　　野鸡进了罗网。
从此不把口开！　　　　　　听说我们上代，
　　　　　　　　　　　　　劳动有个限量；
　　　　　　　　　　　　　打我来到世上，
兔儿自在逍遥，　　　　　　千辛万苦都尝。
野鸡上了圈套。　　　　　　睡吧永远睡吧，
听说我们上代，　　　　　　落得耳根清爽！
没有许多营造；

采葛

【题解】

　　这是怀人的诗。诗人想象他所怀的人正在采葛采萧，这类的采集通常是女子的事，那被怀者似乎是女性。怀者是男是女虽然不能确知，但不妨假定为男，因为歌谣多半是歌唱两性爱情的。

彼采葛兮。　　　　　　如三秋兮[2]。

一日不见，

如三月兮。　　　　　　彼采艾兮[3]。

　　　　　　　　　　　一日不见，

彼采萧兮[1]。　　　　　如三岁兮。

一日不见，

【注释】

① 萧：植物名，蒿类。萧有香气，古人采它供祭祀。
② 三秋：通常以一秋为一年。谷熟为秋，谷类多一年一熟。古人说今秋、来秋就是今年、来年。在这首诗里"三秋"该长于"三月"，短于"三岁"，义同三季，就是九个月。又有以"三秋"专指秋季三月的，那是后代的用法。
③ 艾：菊科植物。烧艾叶可以灸病。

【今译】

那人正在采葛藤。
一天不见她，
就像过了三月整。

那人正采香蒿香。
一天不见她，
就像三季那么长。

那人正在采苍艾。
一天不见她，
就像熬过三年来。

郑风

将仲子

【题解】

这是写男女私情的诗。女劝男别爬过墙头到她的家里来，为的是怕父兄知道了不依，又怕别人说闲话。

将仲子兮^①，	将仲子兮，

将仲子兮①，　　　　　将仲子兮，

无逾我里②，　　　　　无逾我墙，

无折我树杞③。　　　　无折我树桑。

岂敢爱之④，　　　　　岂敢爱之，

畏我父母⑤。　　　　　畏我诸兄⑥。

仲可怀也，　　　　　　仲可怀也，

父母之言亦可畏也。　　诸兄之言亦可畏也。

【注释】

① 将：请。见《卫风·氓》篇。仲子：男子的表字。

② 五家为邻，五邻为里。里外有墙。"逾里"言越过里墙。

③ 树杞：就是杞树，就是柜柳。逾墙就不免攀缘墙边的树，树枝攀折了留下痕迹，逾墙的事也就瞒不了人。所以请仲子勿折杞也就是请他勿逾里的意思。下二章仿此。

④ 爱：犹"吝惜"。之：指树杞。

⑤ 母：古音"米"。

⑥ 兄：古音 xuāng。

将仲子兮，　　　　　　　畏人之多言。

无逾我园⑦，　　　　　　　仲可怀也，

无折我树檀⑧。　　　　　　人之多言亦可畏也。

岂敢爱之，

【注释】

⑦ 种果木菜蔬的地方有围墙者为"园"。"逾园"也就是逾墙。

⑧ 檀：树名。

【今译】

求求你小二哥呀，
别爬我家大门楼呀，
别弄折了杞树头呀。
树倒不算什么，
爹妈见了可要吼呀。
小二哥，
你的心思我也有呀，
只怕爹妈骂得丑呀。

求求你小二哥呀，
别把我家墙头爬呀，
别弄折了桑树杈呀。
树倒不算什么，

哥哥们见了要发话呀。
小二哥，
哪天不在心上挂呀，
哥哥言语我害怕呀。

求求你小二哥呀，
别向我家后园跳呀，
别弄折了檀树条呀。
树倒不算什么，
人家见了要耻笑呀。
小二哥，
不是不肯和你好呀，
闲言闲语受不了呀。

大叔于田

【题解】

这诗赞美一个贵族勇猛善猎，精于射箭和御车。第一章写初猎搏虎，表现他的壮勇。第二章写驱车逐兽，表现他的善御。第三章写猎的收场，表现他的从容。

叔于田 [1]，　　　　火烈（迾）具举 [6]。

乘乘马 [2]。　　　　襢裼暴虎 [7]，

执辔如组 [3]，　　　献于公所。

两骖如舞 [4]。　　　将叔无（毋）狃 [8]，

叔在薮 [5]，　　　　戒其伤女（汝）[9]！

【注释】

① 叔：一个男子的表字。田：打猎。

② 乘乘马：四马叫作乘。上"乘"字是动词，就是驾。

③ 见《简兮》篇。

④ 两骖：驾车的马之在两旁者。如舞：是说行列不乱。

⑤ 薮（音叟）：低地，多草木，禽兽聚居之处。郑国有大薮名圃田。在薮言已到田猎的所在。

⑥ 烈：是"迾"的借字。就是遮。猎时放火烧草，遮断群兽逃散的路叫作火迾。具举：齐起。火烈具举是说几方面同时举火。

⑦ 襢（即袒）裼（音锡）：脱去衣服露出肉体。暴虎：空手与虎搏斗。

⑧ 狃（音纽）：习惯以为常的意思。

⑨ 汝：指叔。诗人警告叔别常干这种冒险的事。

叔于田，　　　　　　　　叔于田，

乘乘黄^⑩。　　　　　　乘乘鸨^⑰。

两服上襄（骧）^⑪，　　两服齐首，

两骖雁行^⑫。　　　　　两骖如手^⑱。

叔在薮，　　　　　　　　叔在薮，

火烈（迾）具扬^⑬。　　火烈（迾）具阜^⑲。

叔善射忌^⑭，　　　　　叔马慢忌，

又良御忌。　　　　　　　叔发罕忌^⑳。

抑磬控忌^⑮，　　　　　抑释掤忌^㉑，

抑纵送忌^⑯。　　　　　抑鬯（韔）弓忌^㉒。

【注释】

⑩ 乘黄：四匹黄马。

⑪ 服：驾车的马在中央夹辕者。上：犹"前"。襄：读为"骧"，驾。两服上襄是说中央的两马在骖马之前并驾。

⑫ 两骖雁行：两骖马比服马稍后，像飞雁的行列。

⑬ 扬：起。

⑭ 忌：语助词。下同。

⑮ 抑：发语词。下同。磬控：双声联绵词，就是控制马不让它前进。

⑯ 纵送：叠韵联绵词，就是放纵马使它奔驰。以上两句承良御。

⑰ 鸨（音保）：黑白杂毛的马，又叫作驳。

⑱ 如手：言两骖在旁而稍后，像人的两只手，和上章雁行意思相同。

⑲ 阜：盛。

⑳ 发：发箭。罕：稀。

㉑ 掤（音冰）：箭筒的盖。释掤，言解开箭筒的盖，准备将箭收起。

㉒ 鬯读为"韔（音畅）"，弓囊。韔弓，言将弓放进囊中。

【今译】

叔到围场去打猎，
四匹马儿拉车跑。
一把缰绳像丝组，
两匹骖马像舞蹈。
叔在湖边草地，
几处猎火齐烧。
赤膊空拳捉虎，
捉虎献给公爵。
不要常常这样，
防它将你伤着！

叔到围场去打猎，
四马拉车毛色黄。
中央两马领前奔，
两旁马儿像雁行。
叔在湖边草地，

一片猎火高扬。
叔是射箭神手，
赶车他又高强，
一会勒马不进，
一会马蹄奔放。

叔到围场去打猎，
四匹花马来拉车。
中央两马头并头，
两旁马似左右手。
叔在湖边草地，
猎火高高烧起。
马蹄越跑越闲，
箭杆越飞越稀。
箭箙盖儿打开，
弓儿装进袋里。

女曰鸡鸣

【题解】

　　这篇是夫妇的对话。第一章妻说：鸡叫了。夫说：天将亮未亮。妻说：你起来看看天吧，启明星那么亮。夫说：那我要去射凫雁了。第二章妻说：射得凫雁我为你制肴下酒。愿我们和乐偕老。第三章夫答：我知道你是和我同心，衷心爱我的，我将这杂佩送给你，表示我的报答。

女曰："鸡鸣。"　　　　　明星有烂③。"

士曰："昧旦①。"　　　　"将翱将翔④，

"子兴视夜②，　　　　　弋凫与雁⑤。"

【注释】

① 昧旦：犹"昧爽"，天将明未明的时候。

② 兴：起。视夜：观察夜色。

③ 明星：即金星。早晨金星出现在东方，称为启明星或明星。有烂：犹"烂烂"，明亮。天将明的时候众星隐微，独启明星显得更亮。

④ 翱翔：本是鸟飞之貌，这是指人的动作，犹"遨游"或"彷徉"。

⑤ 弋：同"𰀁"。用生丝做绳，系在箭上来射鸟叫作弋。凫（音符）：野鸭。

"弋言加之⑥,　　　　　　"知子之来（敕）之⑩,
与子宜之⑦。　　　　　　杂佩以赠之⑪。
宜言饮酒,　　　　　　　知子之顺之,
与子偕老。　　　　　　　杂佩以问之⑫。
琴瑟在御⑧,　　　　　　知子之好之,
莫不静好⑨。"　　　　　杂佩以报之。"

【注释】

⑥ 加：古读如"歌"。加之，射中它。

⑦ 与：犹"为"。宜（古读如俄）：做肴。宜之言将凫雁加以烹调，做成肴。一说，"宜"读为"饎"，啖食。本章的言字都是语助词。

⑧ 御：侍。在御犹言在侧。

⑨ 静好：安静和乐，指琴瑟之音。《常棣》篇云："妻子好合，如鼓瑟琴。"这里说琴瑟静好也是借琴瑟喻夫妇。本章都是妻对夫所说的话。

⑩ 来：读为"敕"，和顺。和下文顺、好意义相同。

⑪ 杂佩：古人所带的佩饰，每一佩上有玉、有石、有珠，有珩、璜、琚、瑀、冲牙，形状和材料都不属一类，所以叫作杂佩。

⑫ 问：赠送。

　　　　　　　　　　　　　　　　　　诗经选

女说："耳听鸡叫唤。" 　　祝福我俩同到老。
男说："天才亮一半。" 　　你弹琴来我鼓瑟，
"你且下床看看天， 　　多么安静多美好。"
启明星儿光闪闪。"
"干起来啊起来干， 　　"晓得你对我真关怀，
射野鸭儿也射雁。" 　　送给你杂佩答你爱。
　　　　　　　　　　　晓得你对我体贴细，
"射鸭射雁准能着， 　　送给你杂佩表谢意。
和你煮雁做美肴。 　　晓得你爱我是真情，
有了美肴好下酒， 　　送给你杂佩表同心。"

山有扶苏

【题解】

这诗写一个女子对爱人的俏骂。

山有扶苏①，	山有桥松④，
隰有荷华。	隰有游龙⑤。
不见子都②，	不见子充，
乃见狂且③。	乃见狡童⑥。

【注释】

① 扶苏，又作"枎苏"，就是枎木。一说扶苏即朴樕，朴樕是小木。这里应与下章桥松相称，似非小木。

② 子都：和下章的子充都是古代美男子名。

③ 狂且（音疽）：狂者。一说且是"伹"字的省借，伹是拙钝的意思。狂伹是复合词。这里偏用狂字的意义。

④ 桥：同"乔"，高。

⑤ 游龙：龙，一作"茏"，草名，又名荭，红草。

⑥ 狡童：狡是狡猾多诈的意思。本诗用来与狂且为一类，而与子都、子充相对，是骂辞。

有枎木长在高山，　　　　山头上松树高高，
有荷花开在浅潭。　　　　洼地里长着红草。
见不着子都美男，　　　　美子充不曾见着，
倒碰上一个疯汉。　　　　浑小子倒来盯梢。

蘀兮

【题解】

　　这诗写女子要求爱人同歌。她说风把树叶儿吹得飘起来了，你领头唱罢，我来和你。全诗的情调是欢快的。

蘀兮蘀兮^①，　　　　　蘀兮蘀兮，

风其吹女（汝）^②。　　　风其漂女（汝）^⑤。

叔兮伯兮^③，　　　　　　叔兮伯兮，

倡，予和女（汝）^④。　　倡，予要女（汝）^⑥。

【注释】

① 蘀：草木落下的皮或叶。

② 吹：古读如"磋"。汝：指蘀。此章和下章的头两句以风吹蘀叶起兴。人在歌舞欢乐的时候常有飘飘欲起的感觉，所以和风蘀联想。

③ 女子呼爱人为"伯"或"叔"或"叔伯"。"叔兮伯兮"语气像对两人，实际是对一人说话。

④ 倡：带头唱歌。汝：指叔伯。

⑤ 漂，或作"飘"，吹动。

⑥ 要：会合。指唱歌的人以声音相会合，也就是和。

草皮儿，树叶儿，
好风吹你飘飘起。
好人儿，亲人儿，
领头唱吧我和你。

草皮儿，树叶儿，
好风吹你飘飘上。
好人儿，亲人儿，
你来起头我合唱。

褰裳

【题解】

这是女子戏谑情人的诗。大意说：你要是爱我想我，你就涉过溱水洧水，到我这里来；你要是不把我放在心上，还有别人呢。你这个糊涂虫里的糊涂虫呀！

子惠思我①，　　　　　子惠思我，
褰裳涉溱②。　　　　　褰裳涉洧⑤。
子不我思③，　　　　　子不我思，
岂无他人？　　　　　　岂无他士？
狂童之狂也且④！　　　狂童之狂也且！

【注释】

① 子：女子称她的情人。惠：见爱。

② 褰裳：提起下裙。溱（音针）：水名，源出今河南新密东北圣水峪，东南流与洧水会合。

③ 不我思：即不思我。

④ 狂：痴騃。狂童犹言痴儿或傻小子。狂童之狂就是说痴儿中之痴儿。且（音居）是语尾助词，在这里的作用犹"哉"。

⑤ 洧（音伪）：水名，源出今河南登封东阳城山，东流经新密到大隗镇会合溱水为双洎河。

你要是心上把我爱，　　　　　你要是心上还有我，
你就提起衣裳蹚过溱水来。　　你就提起衣裳蹚过洧水河。
要是你的心肠改，　　　　　　要是心上没有我，
难道没有别人来？　　　　　　世上男人还不多？
你这傻小子呀，傻瓜里头　　　你这傻小子呀，傻瓜里头
　　数你个儿大！　　　　　　　　数你个儿大！

东门之墠

【题解】

　　这首是爱情诗，女子词。她和所思住屋很近，两人却很疏远。她在想着他，怨他不来。（如作为男女赠答之词亦通。）

东门之墠，　　　　　东门之栗，
茹藘在阪 ①。　　　　有践家室 ②。
其室则迩，　　　　　岂不尔思，
其人甚远。　　　　　子不我即。

【注释】

① 墠，一作"坛"。墠犹"垣"，指堤。茹藘：茜草，绛色染料。阪：斜坡。这两句说东
　门外有堤，堤有阪，阪上有茜草。
② 践：齐，指排列整齐。家室：指诗中女主人公自家的居室。

【今译】

东门长堤一道，　　　栗树挨着东门，
坡上长着茜草。　　　小屋齐齐整整。
那屋子近在跟前，　　怎么不巴望你来？
那人儿可真遥远。　　望你来你偏不肯。

风
雨

【题解】

这诗所写的是：在风雨交加，天色昏暗，群鸡乱叫的时候，一个女子正想念她的"君子"，如饥如渴，像久病望愈似的。就在这时候，她所盼的人来到了。这怎能不高兴呢？

风雨凄凄^①，　　　　　　既见君子，
鸡鸣喈喈^②。　　　　　　云胡不瘳^⑦！
既见君子^③，
云胡不夷^④！　　　　　　风雨如晦^⑧，
　　　　　　　　　　　　　　鸡鸣不已。

风雨潇潇^⑤，　　　　　　既见君子，
鸡鸣胶胶^⑥。　　　　　　云胡不喜！

【注释】

① 凄凄：寒凉之意。
② 喈：古读如"饥"。喈喈，鸡鸣声。
③ 君子：女子对她的爱人之称，已见《君子于役》篇。
④ 云：发语词，已见《卷耳》篇。胡：何。夷：平。云胡不夷就是说还有什么不平呢？言心境由忧思起伏一变而为平静。
⑤ 潇潇，《广韵》引作"潚潚（音修）"，急骤。
⑥ 胶：古读如"鸠"。胶胶，或作"嘐嘐"，鸡鸣声。
⑦ 瘳（音抽）：病愈。言原先抑郁苦闷，像患病似的，现在却霍然而愈。
⑧ 如晦：言昏暗如夜。已：止。

【今译】

风吹雨打冷清清，　　　　　　盼得亲人来到了，
喔喔鸡儿不住声。　　　　　　心头百病一齐消。
盼得亲人来到了，
心头潮水立时平。　　　　　　一天风雨黑阴阴，
　　　　　　　　　　　　　　为甚鸡儿叫不停。
急风吹雨雨潇潇，　　　　　　盼得亲人来到了，
听得鸡儿咯咯噱。　　　　　　喜在眉头笑在心。

子衿

【题解】

这诗写一个女子在城阙等候她的情人，久等不见他来，急得她来回走个不停。一天不见面就像隔了三个月似的。末章写出她的烦乱情绪。

青青子衿①，　　　　　　　纵我不往，
悠悠我心②。　　　　　　　子宁不来？

纵我不往，
子宁不嗣（诒）音③？　　　挑兮达兮⑤，
　　　　　　　　　　　　　在城阙兮⑥。

青青子佩④，　　　　　　　一日不见，
悠悠我思。　　　　　　　　如三月兮！

【注释】

① 子：诗中女子指她的情人。衿：衣领。或读为"紟"，即系佩玉的带子。
② 悠悠：忧思貌。
③ 宁不：犹"何不"。嗣，《释文》引《韩诗》作"诒"，就是寄。音：谓信息。这两句是说，纵然我不曾去会你，难道你就这样断绝音信了吗？
④ 佩：指佩玉的绶带。
⑤ 挑、达：往来貌。
⑥ 城阙：城门两边的观楼，是男女惯常幽会的地方。

【今译】

青青的是你的长领襟，　　　纵然我不曾去找你，
悠悠的是想念你的心。　　　难道你不能自己来？
纵然我不曾去找你，
难道你从此断音信？　　　　走去走来多少趟啊，
　　　　　　　　　　　　　在这高城望楼上啊。
青黝黝是你的佩玉带，　　　一天不见哥的面，
心悠悠是我把相思害。　　　好像三个月儿那么长啊！

出其东门

　　本篇也是写爱情的诗。大意说：东门游女虽则"如云""如荼"，都不是我所属意的，我的心里只有那一位"缟衣綦巾"，装饰朴陋的人儿罢了。

出其东门，	出其闉闍⑤，
有女如云①。	有女如荼⑥。
虽则如云，	虽则如荼，
匪我思存②。	匪我思且（著）⑦。
缟衣綦巾③，	缟衣茹藘⑧，
聊乐我员④。	聊可与娱⑨。

【注释】

① 如云：言众多。

② 存：思念。匪我思存言非我所思念。

③ 缟：未经染色的绢。"缟衣"是较粗贱的衣服。綦（音其）：暗绿色。巾：佩巾，就是蔽膝。参看《野有死麕》篇"帨"字注。綦巾是未嫁女子所服用的。

④ 聊：且。员，一作"云"。语助词。以上二句是说那一位穿缟衣，佩綦巾，服装贫陋的姑娘才是令我喜爱的。

⑤ 闉（音因）：曲城，又叫作瓮城，就是城门外的护门小城。闍（音都）：是闉的门。上章出门是出内城的门，本章出闉闍是出瓮城的门。

⑥ 荼（音徒）：茅草的白花。如荼亦言众多。

⑦ 且：读为"著"，犹存。"思存""思著"和《关雎》篇的"思服"同例。

⑧ 茹藘：茜草，可以做绛色染料。在这里是绛色佩巾的代称。綦巾变为茹藘是因分章换韵而改字，所指还是同一个人。

⑨ 娱：乐。这句和上章末句意思相同。

出东门啊出东门，
东门姑娘好像一片彩云屯。
好像一片彩云屯，
都不是我的心上人。
只有那淡绿巾子素衣裳，
见着她啊心上热腾腾。

来到东门瓮城外，
姑娘们啊好像白茅遍地开。
好像白茅遍地开，
我的心里都不爱。
只有那缟素衣裳绛红巾，
和她一块喜从心上来。

野有蔓草

【题解】

　　这首诗写的是大清早上，草露未干，田野间一对情人相遇，欢喜之情，发于歌唱。

野有蔓草，　　　　　　　野有蔓草，

零露漙兮①。　　　　　　零露瀼瀼④。

有美一人，　　　　　　　有美一人，

清扬婉兮②。　　　　　　婉如清扬⑤。

邂逅相遇，　　　　　　　邂逅相遇，

适我愿兮③。　　　　　　与子偕臧（藏）⑥。

【注释】

① 蔓草：蔓生的草。零：落。漙（音团）：凝聚成水珠。

② 扬：明。清、扬都是形容目的美。婉：读为"腕"，目大貌。

③ 邂逅（音蟹遘）：爱悦。亦作不期而遇解。遇：相逢或配合。适我愿：就是称心满意，
　　也就是"邂逅"的意思。

④ 瀼瀼（音攘）：露珠肥大貌。

⑤ 如：犹而。

⑥ 臧：读为"藏"。偕藏言一同藏匿。

野地里有草蔓延，
露水珠颗颗滚圆。
有一个漂亮人儿，
水汪汪一双大眼。
欢乐地碰在一块，
可真是合我心愿。

野地里有草蔓长，
露水珠肥肥胖胖。
有一个漂亮人儿，
大眼睛清水汪汪。
欢乐地碰在一块，
我和你一起躲藏。

溱洧

【题解】

　　这诗写三月上巳之辰，郑国溱洧两河，春水涣涣，男女在岸边欢乐聚会的盛况。节日的气氛是很浓厚的。全诗属旁观者语气，不是诗中人物自作。

溱与洧，
方涣涣兮①。
士与女，
方秉蕑（兰）兮②。
女曰"观乎③？"
士曰"既且（徂）④。"

"且往观乎⑤。
洧之外，
洵訏且乐⑥。"
维士与女，
伊其相谑⑦，
赠之以勺药⑧。

【注释】

① 溱、洧：水名，见《褰裳》篇。涣涣：水弥漫之貌。

② 士与女：泛指众游春男女。"女曰""士曰"的士女则有所专指。以下仿此。蕑：兰。古字同。古人所谓兰是一种香草，属菊科，和今之兰花不同。郑国风俗，每年三月上巳日男女聚在溱洧两水之上，招魂续魄，秉执兰草，被除不祥。

③ 观：言游观。这句是说一个女子约她的爱人道：看看热闹去吧？（观亦可读为"灌"，灌谓洗濯，洗濯所以除不祥。）

④ 既：已也。且：读为"徂"，往。这句是男答女：我已经去过了。

⑤ 且往观乎：是女劝男再往之辞，且训复。

⑥ 訏（音吁）：大。这句是说洧水之外确是宽旷而可乐。

⑦ 伊：犹"维"，语助词。谑：调笑。

⑧ 勺药：香草名。男女以勺药相赠是结恩情的表示。

溱与洧，　　　　　　　　"且往观乎。

浏其清矣⑨。　　　　　　洧之外，

士与女，　　　　　　　　洵讦且乐。"

殷其盈矣⑩。　　　　　　维士与女，

女曰"观乎？"　　　　　　伊其将谑⑪，

士曰"既且（徂）。"　　　赠之以勺药。

【注释】

⑨　浏：清貌。

⑩　殷：众。

⑪　将：相将。

【今译】

溱水长，　　　　　　　　　溱水流，
洧水长，　　　　　　　　　洧水流，
溱水洧水哗哗淌。　　　　　溱水洧水清浏浏。
小伙子，　　　　　　　　　男也游，
大姑娘，　　　　　　　　　女也游，
人人手里兰花香。　　　　　挤挤碰碰水边走。
妹说"去瞧热闹怎么样？"　　妹说"咱们去把热闹瞧？"
哥说"已经去一趟。"　　　　哥说"已经去一遭。"
"再去一趟也不妨。　　　　"再走一遭好不好，
洧水边上，　　　　　　　　洧水边上，
地方宽敞人儿喜洋洋。"　　地方宽敞人儿乐陶陶。"
女伴男来男伴女，　　　　　男伴女来女伴男，
你说我笑心花放，　　　　　你有说来我有笑，
送你一把勺药最芬芳。　　送你香草名儿叫勺药。

齐风

鸡
鸣

【题解】

　　这诗全篇是一夫一妇的对话。丈夫留恋床第，妻怕他误了早朝，催他起身。

“鸡既鸣矣，　　　　　　　　　　“东方明矣，
　朝既盈矣①。”　　　　　　　　　　朝既昌矣③。”
“匪鸡则鸣②，　　　　　　　　　　“匪东方则明，
　苍蝇之声。”　　　　　　　　　　月出之光④。”

【注释】

① 朝：朝堂，君臣聚会的地方。既盈：言人已满。以上二句妻催促丈夫起身赴朝会，告诉他时已不早。

② 则：犹"之"。这两句是夫答妻之辞。

③ 昌：盛。言人多。以上二句妻告夫。

④ 此二句夫答妻。言时候还早。

172　　　　　　　　　　　　　　　　　　　　　　　　　诗经选

"虫飞薨薨⑤, 　　　　　　　　会且归矣⑦,
甘与子同梦⑥, 　　　　　　　　无庶予子憎⑧！"

【注释】

⑤ 薨薨：飞虫声，似即指苍蝇之声。

⑥ 甘：乐。同梦犹言共寝。

⑦ 会：指朝会。且归是说参加朝会者将散朝回家。这和"既盈""既昌"都是故甚其
　　词以引起对方的紧张。

⑧ 庶：庶几。"无庶"是"庶无"的倒文。予：与。憎言见憎于人。末章四句是妻对夫说：
　　在这催眠的虫声中，我也愿意你和我再睡一会儿，不过人家都要散朝了，还是早
　　些去罢，别惹得人家对你憎恶。（或以上二句属夫，下二句属妻，亦通。）

【今译】

　　"听见鸡叫唤啦，　　　　　　"不是东方亮，
　　朝里人该满啦。"　　　　　　那是明月光。"
　　"不是鸡儿叫，
　　那是苍蝇闹。"　　　　　　"苍蝇嗡嗡招瞌睡儿，
　　　　　　　　　　　　　　我愿和你多躺会儿。
　　"瞅见东方亮啦，　　　　　　可是会都要散啦，
　　人儿该满堂啦。"　　　　　　别叫人骂你懒汉啦！"

东方未明

【题解】

　　这首诗写劳苦的人民为了当官差，应徭役，早晚都不得休息。监工的人瞪目而视，一刻都不放松。

东方未明，　　　　　倒之颠之，
颠倒衣裳。　　　　　自公令之。
颠之倒之，
自公召之。　　　　　折柳樊圃②，
　　　　　　　　　　狂夫瞿瞿③。
东方未晞（昕）①，　不能辰夜④，
颠倒裳衣。　　　　　不夙则莫（暮）⑤。

【注释】

① 晞："昕"的借字，就是明。

② 樊：即藩。这句说折柳枝做园圃的藩篱。

③ 狂夫：指监工的人。瞿瞿：瞪视貌。

④ 辰：时。守时不失叫作时，犹"伺"。不能辰夜言不能按正时在家过夜。

⑤ 夙：早。

【今译】

东方无光一片暗，
颠颠倒倒把衣穿。
忙里哪晓颠和倒，
公爷派人来喊叫。

东方不见半点光，
颠颠倒倒穿衣裳。

颠来倒去忙不办，
公爷派人来叫喊。

编篱砍下柳树条，
疯汉瞪着眼儿瞧。
哪能好好过一宵？
不是早起就是晚睡觉。

卢
令

【题解】

这首诗赞美一个英武的猎人。

卢（獹）令令^①。　　　　　　其人美且鬈（拳）^②。

其人美且仁。

　　　　　　　　　　　　卢（獹）重鋂^③。

卢（獹）重环。　　　　　　其人美且偲^④。

【注释】

① 卢（獹）：黑毛猎犬。令令（音铃）：环声。

② 鬈：读为"拳"，勇壮貌。《巧言》篇写作"拳"。

③ 鋂（音枚）：大环。一说一环贯二为鋂。

④ 偲（音猜）：有才智。

【今译】

狗儿来了环儿响叮当。　　　　　　人儿漂亮人儿英雄汉。
人儿漂亮人儿好心肠。

　　　　　　　　　　　　　　　　　狗儿丁当狗儿双环带。
狗儿丁当狗儿带双环。　　　　　　人儿漂亮人儿多能耐。

　　　　　　　　　　　　　　　　诗经选

魏风

葛屦

【题解】

这是刺"褊心"的诗。诗中"缝裳"的女子似是婢妾，"好人"似是嫡妻。妾请嫡试新装，嫡扭转腰身，戴她的象牙搔头，故意不加理睬。这是心地褊狭的表现，诗人因此编了一支歌儿刺刺她。作者或许是众妾之一，或许就是这缝裳之女。婢妾的地位本是家庭奴隶，这诗多少反映出她们的处境。

纠纠葛屦①，　　　　　　可以缝裳④。
可以履霜②。　　　　　　要（褽）之襋之⑤，
掺掺女手③，　　　　　　好人服之⑥。

【注释】

① 屦（音句）：鞋。纠纠：犹"缭缭"，绳索缠结缭绕之状。形容屦上的絇（屦头上的装饰）或綦（系屦的绳）。絇是一条丝线打的带子，从屦头弯过来，成一小纽，超出屦头三寸。絇上有孔，从后跟牵过来的綦便由这孔中通过，又绕回去，交互地系在脚上。

② 履：践踏。葛屦是夏季所用（冬用皮屦），可以履霜是说它不透寒气，也就是形容它的工细精致。

③ 掺掺（音纤），一作"扦扦"，形容女人手指纤细。这里的女手有所指，就是制葛屦的手，也就是缝裳的手。

④ 裳：是下裙。这里以"裳"与"霜"叶韵，举裳也包括衣。

⑤ 要就是衣裳的褽。襋（音棘）是衣领。两字都用做动词，言一手提领一手提褽。

⑥ 好人：犹言美人。在这首诗里似属讥讽之词。以上二句是说缝裳之女将缝成的衣裳拿给好人去穿。

好人提提（媞媞）⑦，　　　　维是褊心⑩，

宛然左辟⑧，　　　　　　　是以为刺⑪。

佩其象揥⑨。

【注释】

⑦　提提，《尔雅》注引作"媞媞"，细腰貌。

⑧　宛然：回转貌。辟即避。左避犹回避。

⑨　象揥（音替）：象牙所制的发饰。女子用揥搔头，同时用来做装饰。

⑩　褊心：心地狭隘。

⑪　刺：讥刺。末二句诗人自道其作诗的用意。

葛布鞋儿丝绳绑，　　　　　只见美人儿腰肢细，
葛鞋穿来不怕霜。　　　　　一扭腰儿转向里，
巧女十指根根细，　　　　　戴她的象牙发针不把人搭理。
细手缝出好衣裳。　　　　　好个小心眼儿大脾气，
一手提裰一手捏在领儿上，　待我编支歌儿剌剌伊。
请那美人儿试新装。

园有桃

这是忧时的诗,和《黍离》相类。本篇虚字多,句法参差,形式上有其特色。《隶释》载汉石经《鲁诗》残字碑"□□□之谁知之",似乎"其谁知之,其谁知之"二句《鲁诗》作"其谁知之谁知之"一个七言句。

园有桃,	彼人是哉④?
其实之殽①。	子曰何其⑤?
心之忧矣,	心之忧矣,
我歌且谣②。	其谁知之!
不知我者,	其谁知之!
谓我士也骄③。	盖(盍)亦勿思⑥!

【注释】

① 之:犹"是"。殽,古作"肴",食。食桃和下章的食棘似是安于田园,不慕富贵的表示。

② 我:是诗人自称。谣:行歌。

③ 不知我,唐石经作"不我知"。士:旁人谓歌者。

④ 彼人:指"不我知者"。

⑤ 子:歌者自谓。其(音姬):语助词。以上二句诗人自问道:那人说的对么,你自己以为怎样呢?

⑥ 盖:同"盍",就是何不。"亦"是语助词。这句是诗人自解之词,言不如丢开别想。

园有棘⑦，　　　　　　　彼人是哉？
其实之食。　　　　　　　子曰何其？
心之忧矣，　　　　　　　心之忧矣，
聊以行国⑧。　　　　　　其谁知之！
不我知者，　　　　　　　其谁知之！
谓我士也罔极⑨。　　　　盖（盍）亦勿思！

园里长着桃树，　　　　　园里长着酸枣，
我拿桃子当饱。　　　　　酸枣饱我饥肠。
心里塞着烦恼，　　　　　心里满是忧伤，
嘴里哼着歌谣。　　　　　我在国里游荡。
不相识的人说我狂傲。　　不相识的人说我失常。
他说的是吗？　　　　　　他说的是吗？
你自问对不对号？　　　　你自家说是怎样？
我心里的烦恼，　　　　　我心里的忧伤，
有谁知道！　　　　　　　有谁知道！
有谁知道！　　　　　　　有谁知道！
别想它岂不更好！　　　　何不丢开别想！

陟岵

【题解】

　　这是征人望乡的诗。当他望乡的时候想象家里的人正在惦着他，道着他，同情他的辛苦，希望他保重，盼望他回家。

陟彼岵兮①，　　　　　陟彼屺兮⑤，

瞻望父兮②。　　　　　瞻望母兮。

父曰："嗟！　　　　　母曰："嗟！

予子行役，　　　　　予季⑥行役，

夙夜无已。　　　　　夙夜无寐。

上（尚）慎旃哉③！　　上（尚）慎旃哉！

犹来无止④！"　　　　犹来无弃⑦！"

【注释】

① 岵（音户）：有草木的山。

② 瞻：视。以上二句叙行役者登高，遥望家人所在的方向。第二、三章仿此。

③ 上：是"尚"的借字。尚犹"庶几"。旃（音毡）犹"之"。

④ 犹来：言还能够回家来。无止言别永留外乡。以上四句是行役者想象他的父亲在说。下二章仿此。

⑤ 屺：无草木的山。

⑥ 季：少子。

⑦ 弃：谓弃家不归。

陟彼冈兮，　　　　　　夙夜必偕⑧。

瞻望兄兮。　　　　　　上（尚）慎旃哉，

兄曰："嗟！　　　　　　犹来无死！"

予弟行役，

【注释】

⑧ 偕（古读如几）：犹"俱"。夙夜必偕是说兼早与晚。

【今译】

登上草木青青的山啊，
登高要把爹来看啊。
爹说："咳！
我儿当差啊出门远行，
早沾露水晚披星。
多保重啊多保重！
树叶儿归根记在心！"

登上那光秃秃的山顶啊，
想娘要望娘的影啊。
娘说："咳！
小子当差啊奔走他乡，

朝朝夜夜不挨床。
多保重啊多保重！
千万别丢了你的娘！"

登上那高高的山冈啊，
要望我哥在哪方啊。
哥说："咳！
我弟当差啊东奔西走，
日日夜夜不能休。
多保重啊多保重！
别落得他乡埋骨头！"

188

十亩之间

【题解】

这是采桑者劳动将结束时呼伴同归的歌唱。古时西北地方种桑很普遍，和今时不同。

十亩之间兮，　　　　　　十亩之外兮，
桑者闲闲兮①。　　　　　　桑者泄泄兮③。
行与子还兮②。　　　　　　行与子逝兮④。

【注释】

① 桑者：采桑者。采桑的劳动通常由女子担任。闲闲：犹"宽闲"，紧张忙碌的反面。
② 行：且。或在"行"字读断，作为动词，也可通。以上三句是说这个区域里采桑的人已经不紧张工作（将收工）了，我和你回去吧。
③ 泄泄（音异）：弛缓、舒散之貌。
④ 逝：去。这一章是说这区域以外的采桑者也都不再紧张，准备息了，咱们走吧。

一块桑地十亩大，　　　　桑树连桑十亩外，
采桑人儿都息下。　　　　采桑人儿闲下来。
走啊，　　　　　　　　　走啊，
和你同回家。　　　　　　和你在一块。

伐檀

【题解】

　　这诗反映被剥削者对于剥削者的不满。每章一、二两句写劳动者伐木。第四句以下写伐木者对于不劳而食的君子的冷嘲热骂。

坎坎伐檀兮①，
寘之河之干兮②，
河水清且涟猗③。
不稼不穑④，
胡取禾三百廛（缠）兮⑤？

不狩不猎⑥，
胡瞻尔庭有县（悬）貆兮⑦？
彼君子兮，
不素餐兮⑧！

【注释】

① 坎坎：伐木声。
② 寘：即"置"字，见《卷耳》篇。干：岸。
③ 涟：即"澜"，大波。猗（音医）：托声字，犹"兮"。
④ 稼：耕种。穑：收获。
⑤ 廛："缠"字的假借。三百缠就是三百束，三百言其很多，不一定是确数。下二章仿此。
⑥ 狩：冬猎。
⑦ 尔：指不稼不穑、不狩不猎的人，也就是下文的君子。貆（音暄）：兽名，就是貒，今名猪獾。
⑧ 素餐：言不劳而食。素就是白，就是空，就是有其名无其实。上文"不稼不穑"四句正是说那君子不劳而食，这里不素餐是以反语为讥刺。

坎坎伐辐兮^⑨，　　　　　坎坎伐轮兮，

寘之河之侧兮，　　　　　寘之河之漘兮^⑫，

河水清且直猗。　　　　　河水清且沦猗^⑬。

不稼不穑，　　　　　　　不稼不穑，

胡取禾三百亿(繶)兮^⑩？　胡取禾三百囷(稛)兮^⑭？

不狩不猎，　　　　　　　不狩不猎，

胡瞻尔庭有县(悬)特兮^⑪？　胡瞻尔庭有县(悬)鹑兮^⑮？

彼君子兮，　　　　　　　彼君子兮，

不素食兮！　　　　　　　不素飧兮^⑯！

【注释】

⑨ 辐：车轮中的直木。伐辐是说伐取制辐的木材，承上伐檀而言。下章"伐轮"
仿此。

⑩ 亿："繶"的假借，犹"缠"。

⑪ 特：三岁之兽。一说兽四岁为特。

⑫ 漘(音唇)：水边。

⑬ 沦：水纹有伦理。

⑭ 囷："稛"的假借。稛也是束。

⑮ 鹑：鸟名，俗名鹌鹑。

⑯ 飧(音孙)：熟食。

　　　　　　　　　　　　　　　　　　　　　　诗经选

【今译】

叮叮咚咚来把檀树砍，
砍下檀树放河边。
河水清清水上起波澜。
栽秧割稻你不管，
凭什么千捆万捆往家搬？
上山打猎你不沾，
凭什么你家满院挂猪獾？
那些个大人先生啊，
可不是白白吃闲饭！

做车辐叮咚砍木头，
砍来放在河埠头，
河水清清河水直溜溜。
栽秧割稻你闲瞅，
凭什么千捆万捆你来收？

别人打猎你抄手，
凭什么满院挂野兽？
那些个大人先生啊，
可不是无功把禄受！

做车轮儿砍树叮咚响，
砍来放在大河旁，
河水清清圈儿连得长。
下种收割你不忙，
凭什么千捆万捆下了仓？
上山打猎你不帮，
凭什么你家鹌鹑挂成行？
那些个大人先生啊，
可不是白白受供养！

硕鼠

【题解】

　　这篇诗表现农民对统治者沉重剥削的怨恨与控诉。诗人骂剥削者为田鼠，指出他们受农民供养，贪得无厌。农民年年为剥削者劳动，得不到他们丝毫的恩惠，只得远寻"乐土"，另觅生路。所谓"乐土"在当时只是空想罢了。

硕鼠硕鼠①，　　　　　　乐土乐土，

无食我黍！　　　　　　爰得我所④。

三岁贯女（汝）②，

莫我肯顾。　　　　　　硕鼠硕鼠，

逝（誓）将去女（汝）③，　无食我麦！

适彼乐土。　　　　　　三岁贯女（汝），

【注释】

① 硕鼠：就是《尔雅》的鼫鼠，又名田鼠，啮齿类动物，穴居河川沿岸，吃豆粟等物。今北方俗称地耗子。这里用来比剥削无厌的统治者。硕鼠解作肥大的鼠亦可。

② 贯：侍奉。三岁贯汝就是说侍奉你多年。三岁言其久，汝指统治者。

③ 逝：读为"誓"（《公羊传》徐彦疏引作"誓"）。去汝：言离汝而去。

④ 爰：犹"乃"。所：指可以安居之处。

⑤ 德：恩惠。

莫我肯德⑤。　　　　　无食我苗！

逝（誓）将去女（汝），　三岁贯女（汝），

适彼乐国。　　　　　莫我肯劳⑦。

乐国乐国，　　　　　逝（誓）将去女（汝），

爱得我直⑥。　　　　　适彼乐郊。

　　　　　　　　　　乐郊乐郊，

硕鼠硕鼠，　　　　　谁之永号⑧？

【注释】

⑥ 直就是值。得我值，就是说使我的劳动得到相当的代价。

⑦ 劳：慰问。

⑧ 之：犹"其"。永号犹长叹。末二句言既到乐郊，就再不会有悲愤，谁还长吁短叹呢？

土耗子啊土耗子，
打今儿别吃我的黄黍！
整整三年把你喂足，
我的死活你可不顾。
老子发誓另找生路，
明儿搬家去到乐土。
乐土啊乐土，
那才是我的安身之处。

土耗子啊土耗子，
打今儿别吃我的小麦！
伺候你们整整三载，
一个劲儿把我坑害。

老子和你这就撒开，
去到乐国那才痛快。
乐国啊乐国，
在那儿把气力公平出卖。

土耗子啊土耗子，
打今儿别吃我的水稻！
三年喂你长了肥膘，
连句好话儿也落不着。
你我从今就算拉倒，
老子撒腿投奔乐郊。
乐郊啊乐郊，
谁还有不平向人号叫？

唐风

蟋蟀

【题解】

　　这篇是感时之作。诗人因岁暮而感到时光易逝，因时光易逝的感觉而生出及时行乐的想法，又因乐字而想到"无已""无荒"，以警戒自己，因而以"思居""思外""思忧"和效法"良士"自勉。

蟋蟀在堂①，　　　　　　无已大（泰）康④，

岁聿其莫（暮）②。　　　　职思其居⑤！

今我不乐，　　　　　　好乐无荒⑥，

日月其除③。　　　　　　良士瞿瞿⑦。

【注释】

① 古人以候虫纪时。《七月》篇云："七月在野，八月在宇，九月在户，十月蟋蟀入我床下。"在宇、在户、入床下就是本篇所谓"在堂"。"在堂"是对"在野"而言。**蟋蟀**本在野地，由野而堂是为了避寒，所以诗人用此句表示岁将暮的光景。

② 聿：同"曰"，语助词。莫是"暮"字的古写。其暮，言将尽。

③ 除：过去。以上两句是说这时候如再不寻乐，可乐的日子就要过去了。

④ 已：过甚。大：读"泰"。泰康，安乐。

⑤ 职：当。居谓所处的地位。以上两句是预先警戒之辞，言享乐别过分了，得想到自己的职务。

⑥ 荒：废弛。

⑦ 瞿瞿：惊顾貌，这里用来表示警惕之意。以上两句言良士时时警惕，所以为乐而不致荒废业务。"好乐无荒"承"无已大康"，"良士瞿瞿"承"职思其居"。

蟋蟀在堂，　　　　　　　　蟋蟀在堂，

岁聿其逝。　　　　　　　　役车其休^⑪。

今我不乐，　　　　　　　　今我不乐，

日月其迈^⑧。　　　　　　日月其慆^⑫。

无已大（泰）康，　　　　　无已大（泰）康，

职思其外^⑨！　　　　　　职思其忧！

好乐无荒，　　　　　　　　好乐无荒，

良士蹶蹶^⑩。　　　　　　良士休休^⑬。

【注释】

⑧ 迈：行。

⑨ 外：本位以外的工作。

⑩ 蹶蹶：动作勤敏之貌。

⑪ 役车：车名，方箱驾牛，农家收获时用来装载谷物。"役车其休"言农事已毕。

⑫ 慆："滔"的借字。滔滔是行貌，这里单用一个字，词义相同。

⑬ 休休：宽容。这句和"职思其忧"相应。惟其思忧所以能心宽无忧。

【今译】

蟋蟀搬进屋里，
一年快要到底。
如今再不寻乐，
时光所剩无几。
可别过分安逸，
本分不要忘记！
寻乐不荒正业，
良士都能警惕。

蟋蟀搬进屋里，
一年还剩几分。
如今再不寻乐，
时光不肯等人。

可别过分安逸，
别忘其他责任！
寻乐不荒正业，
良士个个勤奋。

蟋蟀搬进屋里，
往来牛车都停。
如今再不寻乐，
时光都要溜尽。
可别过分安逸，
还该想着苦境！
寻乐不荒正业，
良士所以宽心。

绸缪

【题解】

这是乐新婚的诗。诗人觉得他的新娘子美不可言，那夜晚也是美不可言，喜不自胜，简直不晓该怎么办才好。

绸缪束薪①。　　　　　绸缪束刍⑦。
三星在天②。　　　　　三星在隅⑧。
今夕何夕③？　　　　　今夕何夕？
见此良人④。　　　　　见此邂逅⑨。
子兮子兮⑤！　　　　　子兮子兮！
如此良人何⑥！　　　　如此邂逅何！

【注释】

① 绸缪：犹"缠绵"，紧紧捆缚的意思。诗人似以束薪缠绵比喻婚姻。

② 三星：指参星。天：古音 tīn。

③ 今夕何夕：是惊喜庆幸之辞，言今晚不同寻常的夜晚。

④ 良人：犹言好人，这里是男称女。

⑤ 子兮子兮：诗人感动自呼之辞。

⑥ 如：犹"奈"。如此良人何是喜不自禁之辞，言爱这良人爱得无可奈何。

⑦ 刍：草。

⑧ 隅：房角。三星在隅言三星稍偏斜，对着房角。

⑨ 邂逅：喜悦。这里用为名词，谓可悦之人。

绸缪束楚。　　　　　　见此粲者⑪。

三星在户⑩。　　　　　　子兮子兮！

今夕何夕？　　　　　　如此粲者何！

柴枝捆得紧紧。　　　　　　心爱人儿见着。
抬头正见三星。　　　　　　你看，你看啊！
今晚是啥夜晚？　　　　　　把这心爱的怎么办啊！
见着我的好人。
你看，你看啊！　　　　　　荆树条儿紧缠。
把这好人儿怎么办啊！　　　三星照在门前。
　　　　　　　　　　　　　今晚是啥夜晚？
　　　　　　　　　　　　　和这美人相见。
紧紧一把刍草。　　　　　　你看，你看啊！
三星正对房角。　　　　　　把这美人儿怎么办啊！
今晚是啥夜晚？

鸨羽

【题解】

这诗是农民在徭役重压下的呻吟。农民因为劳于"王事",不能兼顾耕种,使父母的生活失掉保障。而所谓王事又是永远没有完的,什么时候才能安居乐业,只能去问那"悠悠苍天"。

肃肃鸨羽①,　　　　　　肃肃鸨翼,
集于苞栩②。　　　　　　集于苞棘。
王事靡盬③,　　　　　　王事靡盬,
不能艺稷黍④!　　　　　不能艺黍稷!
父母何怙⑤?　　　　　　父母何食?
悠悠苍天!　　　　　　　悠悠苍天!
曷其有所⑥?　　　　　　曷其有极⑦?

【注释】

① 肃肃:鸨羽之声。鸨(音保)是形状像雁的大鸟。属涉禽类。一名野雁。鸨羽犹鸨翼。

② 鸟类息在树上叫作集。草木丛生为苞。栩是栎树。鸨的脚上没有后趾,在树上息不稳,所以颤动羽翼,肃肃有声。这里以鸨栖树之苦,比人在劳役中的苦。

③ 王事:见《北门》篇注。靡盬(音古):没有停息的时候。

④ 艺:种植。

⑤ 怙(音户):依靠。

⑥ 所:居处。曷其有所言何时才能安居。

⑦ 极:止。曷其有极言何日才是苦尽之时。

　　　　　　　　　　　　　　　　诗经选

肃肃鸨行⑧，　　　　　　父母何尝？

集于苞桑。　　　　　　悠悠苍天！

王事靡盬，　　　　　　曷其有常⑨？

不能艺稻粱！

【注释】

⑧ 行：行列。一说行指鸟翅。

⑨ 曷其有常言何时恢复正常。

【今译】

野雁沙沙响一阵，
栎树丛里息不稳。
王差不得息，
庄稼种不成！
饿死爹妈谁来问？
老天呀老天！
哪天小民得安身？

野雁沙沙翅儿颤，
酸枣丛里息不安。
王差不得息，
庄稼完了蛋！

我爹我妈准饿饭！
老天呀老天！
哪有个了啊哪有个完？

野雁成行响飕飕，
息在一丛桑树头。
王差不得息，
庄稼不能收！
爹妈拿什么来糊口？
老天呀老天！
太平年头几时有？

葛生

　　这是女子悼念或哭亡夫的诗。诗人一面悲悼死者，想象他枕着角枕，盖着锦衾，在荒野蔓草之下独自长眠；一面自己伤感，想着未来漫长的岁月都是可悲的，惟有待百年之后和良人同穴，才是归宿。

葛生蒙楚①，	葛生蒙棘，
蔹蔓于野②。	蔹蔓于域⑤。
予美亡此③，	予美亡此，
谁与？	谁与？
独处④！	独息！

【注释】

① 蒙：覆盖。首句言葛藤蔓延，覆盖荆树。上古"死则裹之以葛，投诸沟壑"（《法言·重黎》篇注），其后仍有以葛缠棺之俗（《墨子·节葬》篇）。诗人悼亡用"葛生"起兴，或许与古俗有联想。

② 蔹（音廉）：葡萄科植物，蔓生，草木。蔓：延。以上二句互文，葛和蔹同样生于野，同样可以言"蒙"，言"蔓"。

③ 予美：诗人称她的亡夫，犹言我的好人。亡：不在。此指人间世。

④ 谁与独处：应在"与"字读断，和"不远，伊迩"句法相似。言予美不在人世而在地下，谁伴着他呢？还不是独个儿在那里住！

⑤ 域：葬地。

角枕粲兮⑥，　　　　　百岁之后⑩，
锦衾烂兮⑦。　　　　　归于其居⑪。

予美亡此，
谁与？　　　　　　　　冬之夜，
独旦（坦）⑧！　　　　夏之日，
　　　　　　　　　　　百岁之后，
　　　　　　　　　　　归于其室⑫。
夏之日，
冬之夜⑨，

【注释】

⑥ 角枕：用牛角制成或用角装饰的枕头。据《周礼·玉府》注，角枕是用来枕尸首的。

⑦ 锦衾：彩丝织成的被。殓尸用单被。

⑧ 旦：读为"坦"，就是安。独坦犹独息，都是独寝之意。

⑨ 以上二句言未来的日子不易熬过，每天将如夏日的迟迟，每夜都似冬夜的漫漫。

⑩ 百岁之后：犹言死后。

⑪ 其居：指死者的住处，就是坟墓。以上二句言待死后和"予美"同穴。

⑫ 其室：犹"其居"。

【今译】

葛藤藤把荆树盖，
蔹草蔓生在野外。
我的好人儿去了，
谁伴他呀？
独个儿待！

酸枣树上葛藤披，
蔹草爬满坟园地。
我的好人儿去了，
谁伴他呀？
独个儿息！

漆亮的牛角枕啊，
闪光的花锦被。

我的好人儿去了，
谁伴他呀？
独个儿睡！

天天都是夏月的天，
夜夜都是冬天的夜，
百年熬到头，
到他身边相会。

夜夜都是冬天的夜，
天天都是夏月的天，
百年熬到头，
回到他的身边。

秦风

驷
驖

【题解】

　　这是记秦君田猎的诗。第一章写车马和从者。第二章写射猎。第三章写猎后。

驷（四）驖孔阜①，	奉时辰牡④，
六辔在手。	辰牡孔硕。
公之媚子②，	公曰"左之！"⑤
从公于狩③。	舍拔（柭）则获⑥。

【注释】

① 驷，应从《说文》所引作"四"。驖，又作"铁"，赤黑色的马。孔：甚。阜：肥硕。首句言驾车用四匹很肥大的黑马。

② 公：指秦君。媚：爱。媚子谓秦君所爱的人。

③ 狩：冬猎。

④ 奉：言虞人（掌苑囿的官）驱群兽到猎场待射。时同"是"。辰牡：应时的牡兽。四季所需的兽不同，所以虞人所奉也就按时节而不同。

⑤ 左之：使御者转车向兽的左方。群兽被虞人驱逐奔来，猎者迎上去，这时车子就要转向兽的左方以便射中兽的左体。（射兽必须使箭从兽的左体穿进，才能命中心脏，迅速杀死。一说古人祭祀多半用兽的右半体，射左方才能保持右体的完整。）

⑥ 舍：放。拔：箭末衔弦处，或名为括。则：犹"即"。这句是说秦君善射，一发而得兽。

游于北园⑦,　　　　　　輶车鸾镳⑨,
四马既闲⑧。　　　　　　载猃歇骄⑩。

【注释】

⑦ 北园:似是游息的地方而不是田猎的苑囿(秦国著名的苑囿叫作具囿,未闻有
　　北园)。这句是写猎后的事。

⑧ 四马:就是首章的"四骥"。既闲言猎罢不再驰逐,显得从容闲暇。

⑨ 輶车:轻车。鸾,当作"銮"。镳是马衔的两端,出于马口之外。两端各系一銮铃,
　　所以叫作銮镳。

⑩ 猃(音殓):长喙猎犬。歇骄,《尔雅》作"猲獢",短喙猎犬。猎后载犬车上,使犬休息。

【今译】

四匹壮马黑得像铁，　　　　　　　　公爷下令"向它左侧"，
六根缰绳手里紧捏。　　　　　　　　一箭离弦牡兽倒伏。
公爷心爱的那个小子，
跟着公爷出来打猎。　　　　　　　　公爷来到北园游息，
　　　　　　　　　　　　　　　　　　四匹公马跑得从容。
应时的牡兽已经赶山，　　　　　　　一辆轻车响着镳铃，
牡兽奔来体大臕足。　　　　　　　　车上坐着猎狗两种。

蒹葭

【题解】

这篇似是情诗。男或女词。诗中所写的是：一个秋天的早晨，芦苇上露水还不曾干，诗人来寻所谓"伊人"。伊人所在的地方有流水环绕，好像藏身洲岛之上，可望而不可即。每章一、二两句写景，以下六句写伊人所在。

蒹葭苍苍①，　　　　　溯洄从之④，
白露为霜。　　　　　道阻且长⑤。
所谓伊人②，　　　　　溯游从之⑥，
在水一方③。　　　　　宛在水中央⑦。

【注释】

① 蒹：荻。葭（音加）：芦。苍苍：鲜明之貌。

② 所谓：所念。伊人：犹"是人"或"彼人"。指诗人所思念追寻的人。

③ 方：边。在水一方就是说在水的另一边。

④ 溯（音素）：逆水而行。这里是说傍水走向上游。看下文"道阻且跻"可知是陆行而非水行。洄：回曲盘纡的水道。从：就。

⑤ 阻：难。

⑥ 游：通"流"，流是直流的水道。

⑦ 宛：可见貌，犹言仿佛是。从以上四句见出彼人所在的地点似是一条曲水和一条直流相交之处。诗人如沿直流上行，就看见彼人在曲水的彼方，好像被水包围着；如走向曲水的上游，虽然可绕到彼人所在的地方，但道路艰难而且遥远。

蒹葭凄凄⑧，
白露未晞⑨。
所谓伊人，
在水之湄⑩。
溯洄从之，
道阻且跻⑪。
溯游从之，
宛在水中坻⑫。

蒹葭采采⑬，
白露未已。
所谓伊人，
在水之涘⑭。
溯洄从之，
道阻且右⑮。
溯游从之，
宛在水中沚⑯。

【注释】
⑧ 凄凄，一作"萋萋"，犹苍苍。
⑨ 晞：干。
⑩ 湄：水草交接之处。
⑪ 跻（音齐）：升高。
⑫ 坻（音迟）：水中高地。
⑬ 采采：犹萋萋。
⑭ 涘：水边。
⑮ 右：古读为"已"，迂曲。
⑯ 沚：小渚。

【今译】

芦花一片白苍苍，
清早露水变成霜。
心上人儿他在哪，
人儿正在水那方。
逆着曲水去找他，
绕来绕去道儿长。
逆着直水去找他，
像在四边不着水中央。

芦花一片白翻翻，
露水珠儿不曾干。
心上人儿他在哪，
那人正在隔水滩。

逆着曲水去找他，
越走越高道儿难。
逆着直水去找他，
像在小小洲上水中间。

一片芦花照眼明，
太阳不出露水新。
心上人儿他在哪，
隔河对岸看得清。
逆着曲水去找他，
曲曲弯弯道儿拧。
逆着直水去找他，
好像藏身小岛水中心。

黄鸟

【题解】

《左传·文公六年》云："秦伯任好卒，以子车氏之三子奄息、仲行、鍼虎为殉，皆秦之良也。国人哀之，为之赋《黄鸟》。"可见这是一首挽歌。三章分挽三良。每章末四句是诗人的哀呼，见出秦人对于三良的惋惜，也见出秦人对于暴君的憎恨。

交交黄鸟，　　　　　临其穴⑤，
止于棘①。　　　　　惴惴其慄⑥。
谁从穆公②？　　　　彼苍者天！
子车奄息③。　　　　歼我良人⑦！
维此奄息，　　　　　如可赎兮，
百夫之特④。　　　　人百其身⑧。

【注释】
① 交交：读为"咬咬"，鸟声。黄鸟：见《葛覃》篇注。
② 穆公：春秋时秦国之君，名任好。卒于周襄王三十一年（公元前621），以一百七十七人殉葬。从谓从死，就是殉葬。
③ 子车奄息：子车是氏，奄息是名。一说字奄名息。
④ 夫：男子之称。特：匹。这句是说奄息的才能可以为百男的匹敌。
⑤ 穴：指墓圹。
⑥ 惴惴：恐惧貌。慄：恐惧战栗。以上二句是说奄息身临墓穴时的恐怖。
⑦ 歼（音尖）：灭尽。良人：善人。诗人以子车氏三子为本国的良士，所以称为"我良人"。这里合三子而言，所以说"歼"。
⑧ 人：言每人。百其身谓百倍其身。以上二句是说：如允许旁人代死以赎取三子的生命，对于每一人都值得以百人之身来代替。"百夫之特"和"人百其身"两"百"字相应。

交交黄鸟，　　　　　　交交黄鸟，
止于桑。　　　　　　　止于楚。
谁从穆公？　　　　　　谁从穆公？
子车仲行⑨。　　　　　子车鍼虎⑪。
维此仲行，　　　　　　维此鍼虎，
百夫之防⑩。　　　　　百夫之御⑫。
临其穴，　　　　　　　临其穴，
惴惴其慄。　　　　　　惴惴其慄。
彼苍者天！　　　　　　彼苍者天！
歼我良人！　　　　　　歼我良人！
如可赎兮，　　　　　　如可赎兮，
人百其身。　　　　　　人百其身。

【注释】

⑨ 仲行，一作"中行"，人名，或上字下名。

⑩ 防：当，比。"百夫之防"犹"百夫之特"。

⑪ 鍼（音拑）虎，一作"狱虎"，人名，或上字下名。

⑫ 御：犹"防"。

【今译】

黄雀叽叽，
酸枣树上息。
谁跟穆公去了？
子车家的奄息。
说起这位奄息，
一人能把百人敌。
走近了他的坟墓，
忍不住浑身哆嗦。
苍天啊苍天！
我们的好人一个不留！
如果准我们赎他的命，
拿我们一百换他一个。

黄雀叽叽，
飞来桑树上。
谁跟穆公去了？
子车家的仲行。
说起这位仲行，
一个抵得五十双。

走近了他的坟墓，
忍不住浑身哆嗦。
苍天啊苍天！
我们的好人一个不留！
如果准我们赎他的命，
拿我们一百换他一个。

黄雀叽叽，
息在牡荆树。
谁跟穆公去了？
子车家的鍼虎。
说起这位鍼虎，
一人当百不含糊。
走近了他的坟墓，
忍不住浑身哆嗦。
苍天啊苍天！
我们的好人一个不留！
如果准我们赎他的命，
拿我们一百换他一个。

晨风

【题解】

这是女子怀念爱人的诗。她长时期见不着爱人，抱怨他把她忘了，甚至怀疑他把她抛弃了。

鴥彼晨风①。　　　　　　　山有苞枥⑤。

郁彼北林②。　　　　　　　隰有六驳⑥。

未见君子，　　　　　　　　未见君子，

忧心钦钦③。　　　　　　　忧心靡乐（瘵）⑦。

如何如何？　　　　　　　　如何如何？

忘我实多④！　　　　　　　忘我实多！

【注释】

① 鴥（音聿），亦作"鹬"，疾飞貌。晨风，一作"鹛风"，鸟名。即鹯，鸷鸟类。一说晨风亦名天鸡，雉类。后一说从者较少，但说到见雉闻雉而思配偶，在《诗经》中例子却较多，如《雄雉》和《匏有苦叶》中都有。

② 郁：形容树林的茂密。一说，高出貌。北林：林名。

③ 钦钦：忧貌。

④ 忘：犹弃。多：犹甚。

⑤ 苞枥（音历）：成丛的枥树。或作"枹（音包）枥"，两字合为树名，即橡栗。

⑥ 隰：低洼地。六驳：驳，亦作"驳"，木名，即赤李。六表示多数。一说六读为"蓼"，长貌。

⑦ 乐：读为"瘵"，即疗。靡疗言不可治疗。

山有苞棣⑧。　　　　　忧心如醉。

隰有树檖⑨。　　　　　如何如何？

未见君子，　　　　　忘我实多！

【注释】

⑧ 棣（音弟）：郁李。

⑨ 树：竖立。檖（音遂）：山梨。

【今译】

鹃风鸟飞得急急。　　　心里闷有药难除。
北林树长得稠密。　　　为什么为的什么？
见不着我的人儿，　　　丁点儿也不想我！
我的心忧思重叠。
为什么为的什么？
丁点儿也不想我！　　　郁李儿山上成丛。
　　　　　　　　　　　山梨儿洼地挺生。
　　　　　　　　　　　见不着我的人儿，
山头上丛生栎树。　　　好像是醉酒昏昏。
赤李树长在低处。　　　为什么为的什么？
见不着我的人儿，　　　丁点儿也不想我！

无衣

【题解】

这诗是兵士相语的口吻，当是军中的歌谣。史书说秦俗尚武，这诗反映出战士友爱和慷慨从军的精神。

岂曰无衣？　　　　　岂曰无衣？

与子同袍①。　　　　与子同泽⑤。

王于兴师②，　　　　王于兴师，

修我戈矛③。　　　　修我矛戟⑥。

与子同仇④。　　　　与子偕作⑦。

【注释】

① 袍：长衣。行军者日以当衣，夜以当被。就是今之披风，或名斗篷。同袍是友爱之辞。

② 于：语助词，犹"曰"或"聿"。兴师：出兵。秦国常和西戎交兵。秦穆公伐戎，开地千里。当时戎族是周的敌人，和戎人打仗也就是为周王征伐，秦国伐戎必然打起王命的旗号。

③ 戈、矛：都是长柄的兵器，戈平头而旁有枝，矛头尖锐。

④ 仇，《吴越春秋》引作"雠"。雠与仇同义。与子同仇等于说你的雠敌就是我的雠敌。

⑤ 泽：汗衣。

⑥ 戟：兵器名。古戟形似戈，具横直两锋。

⑦ 作：起来。

岂曰无衣？　　　　　　修我甲兵。

与子同裳。　　　　　　与子偕行。

王于兴师，

谁说没有衣裳？
斗篷伙着披，
　我的就是你的。
国家出兵打仗，
且把武器修理。
一个敌人，
　你的就是我的。

谁说没有衣裳？
汗衫伙着穿，
　你穿就是我穿。
国家出兵打仗，

咱们修好枪杆。
大伙起来，
　你干我也要干。

谁说没有衣裳？
衣裳这就有，
　我有就是你有。
国家出兵打仗，
咱们修好甲胄。
一个队伍，
　你我一块儿走。

国风

225

权舆

　　这首诗写一个冷落的贵族嗟贫困，想当年。

於！

我乎，

夏屋渠渠①。

今也每食无余。

于（吁）嗟乎！

不承权舆②！

於！

我乎，

每食四簋③。

今也每食不饱。

于（吁）嗟乎！

不承权舆！

【注释】

① 於（音乌）：叹词。乎：语助词。夏屋：大屋。一说夏屋是大俎，食器。渠渠，
　　亦作"蕖蕖"，高貌。

② 承：继。权舆：本是草木的萌芽，引申为事物的起始。

③ 簋（古音九）：食器名。

【今译】

唉！　　　　　　　　　　唉！
我呀，　　　　　　　　　　我呀，
曾住过大屋高房。　　　　　一顿饭菜四大件。
如今啊这顿愁着那顿粮。　　如今啊肚子空空没法填。
唉唉！　　　　　　　　　　唉唉！
比起当初真是不一样！　　　这般光景怎么比当年！

陈风

宛丘

【题解】

　　这篇也是情诗。男子词。诗人倾诉他对于彼女的爱慕，并描写她的跳舞。从诗中"无冬无夏，值其鹭羽"等句看来，彼女一年四季都在跳舞，似是以歌舞祭神为专业的巫女。

子之汤（荡）兮①，　　　　　　无冬无夏，
宛丘之上兮②。　　　　　　　　值其鹭羽⑤。

洵有情兮，
而无望兮③。　　　　　　　　　坎其击缶⑥，
　　　　　　　　　　　　　　　宛丘之道。

坎其击鼓④，　　　　　　　　　无冬无夏，
宛丘之下。　　　　　　　　　　值其鹭翿⑦。

【注释】

① 子：指那在宛丘跳舞的女子。汤，《楚辞》王逸注引作"荡"，"汤""荡"古通用。荡是摇摆，形容舞姿。

② 宛丘：作为普通名词就是中央宽平的圆形高地。这里的宛丘已经成为专名，又叫韫丘，是陈国人游观之地。

③ 以上二句诗人自谓对彼女有情而不敢抱任何希望。望，或读为"忘"，亦可。

④ 坎：击鼓与击缶之声。

⑤ 值：训持，或戴。鹭羽就是下章的鹭翿，舞者有时执在手中，有时戴在头上。以上二句是说彼人无分冬夏都在跳舞。

⑥ 缶：瓦盆，用为乐器。

⑦ 鹭翿（音酬）：用鹭鸶的羽毛做成伞形，舞者所用。

姑娘啊轻摇慢舞，　　　　　不管是寒冬热夏，
就在那宛丘高处。　　　　　戴她的鹭鸶羽毛。
我的情意啊深长，
却把希望啊埋葬。　　　　　敲打起瓦盆当当，
　　　　　　　　　　　　　就在那宛丘道上。

响咚咚皮鼓谁敲，　　　　　不管是热夏寒冬，
就在那宛丘山脚。　　　　　鹭鸶毛戴在头上。

东门之枌

【题解】

这是男女慕悦的诗。诗人所写的"如荍"的女子就是第一章的"子仲之子",也就是第二章"不绩其麻,市也婆娑"的人,这人就是诗人爱慕的对象。本诗写男女在良晨会舞于市井,反映陈国特殊的风俗。

东门之枌①,	不绩其麻,
宛丘之栩,	市也婆娑⑥。
子仲之子②,	
婆娑其下③。	穀旦于逝⑦,
	越以鬷迈⑧。
穀旦于差④,	视尔如荍⑨,
南方之原⑤,	贻我握椒⑩。

【注释】
① 枌:木名,即白榆。
② 子仲之子:子仲氏之女。
③ 婆娑:舞貌。
④ 穀:善。穀旦指好天气的早晨。于:语助词。差:择。
⑤ 原:高而平阔的土地。南方之原或即指东门和宛丘。那儿是歌舞聚乐的地方,同时是市井所在的地方。
⑥ 市:买卖货物的场所。《潜夫论》引作"女"。
⑦ 逝:往。这句是说趁好日子往跳舞之处。
⑧ 越以:发语词。鬷(音宗):频。迈:行。鬷迈是说去的次数很多。
⑨ 荍(音翘):植物名,又名荆葵,草本,花淡紫红色。这句是诗人以荆葵花比所爱的女子。
⑩ 握椒:一把花椒。赠椒是表示结恩情,和"赠之以勺药"意思相同。

【今译】

东门有白榆，　　　　　　　麻也不用绩，
宛丘有栎树，　　　　　　　市上来舞一场。
子仲家的姑娘，
树下来跳舞。　　　　　　　大好日子去得快，
　　　　　　　　　　　　　要寻欢乐多多来。
选了好时光，　　　　　　　我看你好像一朵荆葵花，
南方的平原上，　　　　　　你送我花椒子儿一大把。

衡门

　　这诗表现安贫寡欲的思想。第一章言居处饮食不嫌简陋。二、三章言小家贫女可以为偶。

衡门之下^①，　　　　　　岂其娶妻，

可以栖迟^②。　　　　　　必齐之姜^⑥？

泌之洋洋^③，

可以乐饥^④。　　　　　　岂其食鱼，

　　　　　　　　　　　　　　必河之鲤？

岂其食鱼，　　　　　　　　岂其娶妻，

必河之鲂^⑤？　　　　　　必宋之子^⑦？

【注释】

① 衡：是"横"的假借字。衡门，横木为门，门上无屋，言其简陋。一说东西曰横，横门就是东向或西向的城门。

② 栖迟：叠韵联绵词，栖息盘桓之意。以上二句言负郭陋室也可以居住。

③ 泌：指泌丘下的水。洋洋：水流不竭貌。

④ 乐："疗"字的省借。疗，治疗。《韩诗外传》作"疗"。疗饥等于说充饥解饿。清水解饿当然是夸张之辞，和一、二两句都表示自甘贫陋。

⑤ 鲂：鱼名，就是鳊。鳊是肥美的鱼，黄河的鳊尤其名贵。

⑥ 齐君姜姓。姜姓是当时最上层贵族之一。以上四句上二句是下二句的比喻，言娶妻不必选齐姜这样的名族，正如吃鱼不一定要吃黄河的鲂。下章仿此。

⑦ 宋君是殷之后，子姓。

【今译】

支起横木就算门，
横木底下好栖身。
泌丘有水水洋洋，
清水填肠也饱人。

难道吃鱼，
一定要吃黄河大鳊鱼？

难道娶妻，
一定要娶齐国姜家女？

难道吃鱼，
一定要把黄河鲤鱼尝？
难道娶妻，
一定要娶宋国子家大姑娘？

东
门
之
杨

【题解】

这是男女约会之词。东门是约会之地，黄昏是约会之时。

东门之杨，　　　　　东门之杨，
其叶牂牂①。　　　　其叶肺肺③。
昏以为期，　　　　　昏以为期，
明星煌煌②。　　　　明星晢晢④。

【注释】

① 牂牂（音臧）：杨叶在风中摩擦之声。
② 明星：星名，即金星，又名太白、启明、长庚。《小雅·大东》毛传："日且出，谓明星为启明；日既入，谓明星为长庚。"
③ 肺肺：也是风吹杨叶之声。
④ 晢晢（音制）：明貌，犹煌煌。

东门东门有白杨，　　　　　东门有个白杨林，
白杨叶儿沙沙响。　　　　　叶儿拍拍响声轻。
约郎约在黄昏后，　　　　　约郎约在黄昏后，
长庚星儿亮堂堂。　　　　　闪闪灼灼长庚星。

墓门

【题解】

  这诗表现人民反抗不良统治者的强烈情绪。相传这是骂陈佗的诗。据《左传》，陈佗当陈桓公病中，杀了太子免。桓公死后陈佗自立，陈国因而大乱，国人至于分散。后来蔡国为陈国平乱，把他杀死。这样的人自然是人民所反对的。

墓门有棘①，   国人知之④。

斧以斯之②。   知而不已，

夫也不良③，   谁昔然矣⑤。

【注释】

① 墓门：墓道的门。一说是陈国的城门。棘是恶树，诗人用来比他所憎恨的人。

② 斯：碎裂。这是咒骂之辞，言须把它碎劈了才称心。

③ 夫也：犹言彼人，指作者所讥刺的人。

④ 国人知之：言其不良行为已成人所共知的事。

⑤ 谁昔：即畴昔。畴昔有久（较远的过去）和昨（较近的过去）两义，这里应该是后者。
  以上两句是说彼人虽知恶行已经暴露，还是不改，直到最近还是这样。

墓门有梅（棘）⑥，　　　　　　歌以讯（谇）之（止）⑧。

有鸮萃止⑦。　　　　　　　　　讯予不顾⑨，

夫也不良，　　　　　　　　　颠倒思予⑩。

【注释】

⑥　梅，《楚辞》王逸注引作"棘"。

⑦　鸮（音嚣）：恶声之鸟。诗人似以恶鸟比助彼人为恶者。萃：止息。萃止的"止"
　　是语尾助词。

⑧　讯，又作"谇"，二字互通。谇是数说责问之意。讯之的"之"应依《广韵》所引作
　　"止"。和上句的"止"字是相应的语助词。

⑨　予：虚字，犹而。"讯予不顾"和"知而不已"句法相同。

⑩　颠倒思予：犹颠倒思而，言其思想颠倒黑白，不辨好歹。

　　　　　　　　　　　　　　　　　　　　　　　诗经选

墓门有棵酸枣树，　　　　　　墓门有棵酸枣树，
拿起斧子劈了它。　　　　　　猫头鹰儿守着它。
那人不是好东西，　　　　　　那人不是好东西，
全国人人知道他。　　　　　　编支歌儿劝告他。
知道他他也不买账，　　　　　劝告他他只当扯淡，
昨儿个还是这模样。　　　　　心里头万事颠倒看。

月出

【题解】

　　这诗描写一个月光下的美丽女子。每章第一句写月色，第二句写她的容色之美，第三句写行动姿态之美，末句写诗人自己因爱慕彼人而惝然心动，不能自宁的感觉。

月出皎兮①，　　　　　　　月出皓兮⑤，
佼人僚兮②，　　　　　　　佼人懰兮⑥，
舒窈纠兮③。　　　　　　　舒忧受兮⑦。
劳心悄兮④。　　　　　　　劳心慅兮⑧。

【注释】

① 皎：洁白光明。《文选》注引作"皦"，字通。
② 佼，或作"姣"。佼人，美人。僚：美好貌。
③ 舒：徐。窈纠：详见下"夭绍"注。这句是说"佼人"行步安闲，体态苗条。
④ 劳心：忧心。悄：犹悄悄，忧貌。这句是诗人自道其由爱情而生的烦闷。二、三章仿此。
⑤ 皓：犹"皎"。
⑥ 懰，《埤苍》作"嬼"，妖冶。
⑦ 忧受：详见下"夭绍"注。
⑧ 慅：犹慅慅，动。

月出照兮，　　　　　　　　　　舒夭绍兮⑩。

佼人燎兮⑨，　　　　　　　　　　劳心惨（懆）兮⑪。

【注释】

⑨ 燎：明，言彼人为月光所照。

⑩ 夭绍，汉赋里往往写作"要绍"，曲貌。"窈纠""懮受""夭绍"都是形容女子行
　　动时的曲线美，就是曹植《洛神赋》所谓"婉若游龙"。

⑪ 惨：读若"懆"，声近义同。懆，犹懆懆，不安。

【今译】

月儿出来亮晶晶啊，　　　　安闲的步儿灵活的腰啊。
照着美人儿多么俊啊，　　　　我的心儿突突地跳啊。
安闲的步儿苗条的影啊。
我的心儿不安宁啊。　　　　月儿高挂像灯盏啊，
　　　　　　　　　　　　　美人儿身上银光满啊，
月儿出来白皓皓啊，　　　　腰身柔软脚步儿闲啊。
照着美人儿多么俏啊，　　　　我的心上浪涛翻啊。

　　　　　　　　　　　　诗经选

桧风

隰有萇楚

【题解】

　　这是乱离之世的忧苦之音。诗人因为不能从忧患解脱出来，便觉得草木的无知无觉，无家无室是值得羡慕的了。这篇和《苕之华》意相近，可以参看。

隰有萇楚①，
猗傩其枝②。
夭之沃沃③。
乐子之无知④。

隰有萇楚，
猗傩其华。

夭之沃沃。
乐子之无家⑤。

隰有萇楚，
猗傩其实。
夭之沃沃。
乐子之无室。

【注释】

① 萇楚：植物名，又名羊桃，花赤色，子细如小麦，形似家桃，柔弱蔓生。

② 猗傩（音婀娜）：有柔顺和美盛二义，在这里是形容萇楚枝条柔弱，从风而靡。二、三章对于华、实也称猗傩，似兼有美盛的意思。

③ 夭：是草木未长成者。这里似用为形容词，就是少而壮盛之貌。之：犹兮。沃沃：犹沃若。（见《氓》篇）

④ 乐：爱悦。子指萇楚。以上四句，前三句写萇楚猗傩随风，少壮而有光泽。末一句诗人自叹其不如草木之无知。言外之意：倘若萇楚有知，一定也像我似的忧伤憔悴，不能这样欣欣向荣了。

⑤ 无家：言其无累。下章仿此。

【今译】

低地里生长羊桃，　　　　　　你多么少壮啊多么美好。
羊桃枝随风荡摇。　　　　　　可喜你无室无家。
你多么少壮啊多么美好。
可喜你无知无觉。　　　　　　低地里生长羊桃，
　　　　　　　　　　　　　　羊桃树结满果实。
低地里生长羊桃，　　　　　　你多么少壮啊多么美好。
羊桃花一片红霞。　　　　　　可喜你无家无室。

匪风

【题解】

　　这是旅客怀乡的诗。诗人离国东去，仆仆道路，看见官道上车马急驰，风起扬尘，想到自己有家归未得，甚至离家日趋远，不免伤感起来。这时，他希望遇着一个西归的故人，好托他捎带个平安家报。

匪风发兮[1]，　　　　　　　顾瞻周道，

匪车偈兮[2]。　　　　　　　中心吊兮[6]。

顾瞻周道[3]，

中心怛兮[4]。　　　　　　　谁能亨（烹）鱼[7]？

　　　　　　　　　　　　　溉（摡）之釜鬵[8]。

匪风飘兮，　　　　　　　　谁将西归[9]？

匪车嘌兮[5]。　　　　　　　怀之好音[10]。

【注释】

① 匪：读为"彼"，彼风犹那风。下同。发：犹发发，风声。

② 偈：犹偈偈，驰驱貌。

③ 周道：大道或官路。

④ 怛（音达）：忧伤。

⑤ 嘌（音漂），又作"票"，轻疾貌。

⑥ 吊：犹"怛"。

⑦ "亨"就是"烹"字，煮。

⑧ 溉，应依《说文》所引作摡。摡训拭，训涤，又训与，均可通。鬵（音寻）：大釜。

⑨ 西归：言回到西方的故乡去，这是桧国人客游东方者的口气，西就指桧。

⑩ 怀：训遗，送给。以上四句是说如有人能煮鱼我就给他锅子请他煮，如有人西归我就请他向家里送个消息。上二句是下二句之比。

【今译】

那风发发地响，　　　　　回头瞧瞧大道，
车儿像飞一样。　　　　　心里好不凄惨。
回头瞧瞧大道，
心里多么凄惶。　　　　　有谁能够煮鱼？
　　　　　　　　　　　　小锅大锅我办。
那风打着旋转，　　　　　有谁回转西方？
车儿快快地赶。　　　　　请他捎个"平安"。

曹风

候人

【题解】

　　这首诗写的是对于一位清寒劳苦的候人的同情和对于一些"不称其服"的朝贵的讥刺。

彼候人兮，　　　　　　维鹈在梁，
何（荷）戈与祋①。　　不濡其翼③。
彼其之子，　　　　　　彼其之子，
三百赤芾②。　　　　　不称其服④。

【注释】

① 候人：担任在国境和道路上守望及迎送宾客职务的人，总数有一百多人，除少数低级官僚外都属普通兵卒。本诗中的候人是指一般供役的兵卒。何：即"荷"，肩负。祋（音带）：兵器名，杖类。

② 彼：指曹国朝廷。其（音记）：语助词。之子：指下文"三百赤芾""不称其服"的那些人。赤芾（音弗）：红色熟牛皮所制的蔽膝，即韠（音必），卿大夫朝服的一部分。曹是小国，而朝中高官厚禄者多至三百人。

③ 鹈（音啼）：水鸟名，即鹈鹕，食鱼。梁：鱼梁，即拦鱼坝。濡：湿。鹈鹕以鱼为食却不曾濡湿翅膀，说明不曾下水。这两句是比喻，如果是比朝中的贵人，就是说这些人不是自己求食，而是高高在上，靠别人供养；如果是比候人自己，就是说候人值勤辛苦，连吃饭都顾不上。第一章上二句写候人，下二句写朝中贵人，这里也以上二句指候人较顺。下章同此。

④ 服：指赤芾。这句说"三百"着"赤芾"的人才德和地位不相称。

维鹈在梁，　　　　　　　荟兮蔚兮，

不濡其咮⑤。　　　　　　南山朝隮⑦。

彼其之子，　　　　　　　婉兮娈兮，

不遂（对）其媾（遘）⑥。　　季女斯饥⑧。

【注释】

⑤ 咮（音注），亦作"啄"，鸟嘴。这句和"不濡其翼"比喻的意思相同。

⑥ "遂"和"对"古同音互训，不对也就是不称的意思。媾读为"遘"，就是待遇。这
句也是说才德和地位不相称。

⑦ 荟（音会）、蔚（音未）都是聚集的意思，这里指云彩浓密，隮（音霁）：升起。这
两句说南山早晨有浓云升起。

⑧ 婉娈：形容女孩子姣好之词。季（稚）女：幼小的女儿。这一章写候人值勤到天明，
看见南山朝云，惦记小女儿在家没有早饭吃。

　　　　　　　　　　　　　　　　　　　　　　　诗经选

那个候人啊，　　　　　　鹈鹕守在鱼梁上，
扛着长戈和长棍。　　　　不曾沾湿他的嘴。
那些张三李四们，　　　　那些张三李四们，
大红蔽膝三百人。　　　　高官厚禄他不配。

鹈鹕守在鱼梁上，　　　　一会青啊一会紫，
不曾沾湿两翅膀。　　　　南山早上云升起。
那些张三李四们，　　　　多么娇啊多么小，
不配他的好衣裳。　　　　幼小女儿忍着饥。

· 豳风 ·

七月

【题解】

　　这诗叙述农人全年的劳动。绝大部分的劳动是为公家的，小部分是为自己的。诗共分八章。第一章从岁寒写到春耕开始。第二章写妇女蚕桑。第三章写布帛衣料的制造。第四章写猎取野兽。第五章写一年将尽，为自己收拾屋子过冬。第六章写采藏果蔬和造酒，这都是为公家的。为自己采藏的食物是瓜瓠麻子苦菜之类。第七章写收成完毕后为公家做修屋或室内工作，然后修理自家的茅屋。末章写凿冰的劳动和一年一次的年终燕饮。

七月流火^①，　　　　　　二之日栗烈^④，

九月授衣^②。　　　　　　　无衣无褐^⑤，

一之日觱发^③，　　　　　　何以卒岁！

【注释】

① 七月流火：火（古读如毁），或称大火，星名，即心宿。每年夏历五月，黄昏时候，这星当正南方，也就是正中和最高的位置。过了六月就偏西向下了，这就叫作"流"。

② 授衣：将裁制冬衣的工作交给女工。九月丝麻等事结束，所以在这时开始做冬衣。

③ 一之日：十月以后第一个月的日子。以下二之日、三之日等仿此。觱（音必）发：大风触物声。

④ 栗烈，或作"凛冽"，形容气寒。

⑤ 褐：粗布衣。

三之日于耜⑥，　　　　　　有鸣仓庚⑪。

四之日举趾⑦，　　　　　　女执懿筐⑫，

同我妇子，　　　　　　　　遵彼微行⑬，

馌彼南亩⑧。　　　　　　　爰求柔桑⑭。

田畯至喜⑨。　　　　　　　春日迟迟⑮，

　　　　　　　　　　　　　采蘩祁祁⑯。

七月流火，　　　　　　　　女心伤悲，

九月授衣。　　　　　　　　殆及公子同归⑰。

春日载阳⑩，

【注释】

⑥ 于：犹"为"。为耜（音似）是说修理末耜（耕田起土之具）。

⑦ 趾：足。举趾是说去耕田。

⑧ 馌（音叶）：是馈送食物。亩：指田身。田耕成若干垄，高处为亩，低处为畎。田垄东西向的叫作东亩，南北向的叫作南亩。这两句是说妇人童子往田里送饭给耕者。

⑨ 田畯（音俊）：农官名，又称农正或田大夫。

⑩ 春日：指二月。载：始。阳：温暖。

⑪ 仓庚：鸟名，就是黄莺。

⑫ 懿筐：深筐。

⑬ 微行：小径（桑间道）。

⑭ 爰：是语词，犹"曰"。柔桑是初生的桑叶。

⑮ 迟迟：是天长的意思。

⑯ 蘩：菊科植物，即白蒿。古人用于祭祀，女子在嫁前有"教成之祭"。一说用蘩"沃"蚕子，则蚕易出，所以养蚕者需要它。其法未详。祁祁：众多（指采蘩者）。

⑰ 公子：指国君之子。殆及公子同归，是说怕被公子强迫带回家去。一说指怕被女公子带去陪嫁。

七月流火，　　　　　　　　我朱孔阳㉕，

八月萑苇⑱。　　　　　　　为公子裳。

蚕月条桑⑲，

取彼斧斨⑳，　　　　　　　四月秀葽㉖，

以伐远扬㉑，　　　　　　　五月鸣蜩㉗。

猗（掎)彼女桑㉒。　　　　　八月其获，

七月鸣鵙㉓，　　　　　　　十月陨萚㉘。

八月载绩。　　　　　　　　一之日于貉㉙，

载玄载黄㉔，　　　　　　　取彼狐狸，

【注释】

⑱ 萑苇：芦类。八月萑苇长成，收割下来，可以做箔。

⑲ 蚕月：指三月。条桑：修剪桑树。

⑳ 斨（音枪）：方孔的斧。

㉑ 远扬：指长得太长而高扬的枝条。

㉒ 猗，《说文》《广雅》作"掎"，牵引。掎桑是用手拉着桑枝来采叶。南朝乐府诗
《采桑度》云"条条采春桑，采叶何纷纷"，似先用绳系桑然后拉着绳子采。女桑：
小桑。

㉓ 鵙（音决）：鸟名，即伯劳。

㉔ 玄：是黑而有赤的颜色。玄、黄指丝织品与麻织品的染色。

㉕ 朱：赤色。阳：鲜明。以上二句言染色有玄有黄有朱，而朱色尤为鲜明。

㉖ 葽（音腰）：植物名，今名远志。"秀葽"言远志结实。

㉗ 蜩（音条）：蝉。

㉘ 陨萚：落叶。

㉙ 貉（音骂）：通"祃"。田猎者演习武事的礼叫祃祭或貉祭。于貉言举行貉祭。

为公子裳。
二之日其同^㉚，
载缵武功^㉛。
言私其豵^㉜，
献豜于公^㉝。

五月斯螽动股^㉞，
六月莎鸡振羽^㉟。
七月在野，

八月在宇，
九月在户，
十月蟋蟀入我床下^㊱。
穹窒熏鼠^㊲，
塞向墐户^㊳。
嗟我妇子，
曰为改岁^㊴，
入此室处。

【注释】

㉚ 同：聚合，言狩猎之前聚合众人。

㉛ 缵：继续。武功指田猎。

㉜ 豵（音宗）：一岁小猪，这里用来代表比较小的兽。私其豵言小兽归猎者私有。

㉝ 豜（音坚）：三岁大猪，代表大兽。大兽献给公家。

㉞ 斯螽（音终）：虫名，蝗类。旧说斯螽以两股相切发声，动股言其发出鸣声。

㉟ 莎（音蓑）鸡：虫名，今名纺织娘。振羽言鼓翅发声。

㊱ 以上四句都指蟋蟀，先在野地，后移宇下（即檐下），再移到室内，最后入床下。言其鸣声由远而近。

㊲ 穹：与"空"通。窒：塞满。穹窒言将室内满塞的角落搬空。搬空了才便于熏鼠。

㊳ 向：是朝北的窗。墐：是用泥涂上。贫家门扇用柴竹编成，涂泥使它不通风。

㊴ 曰，《汉书》引作"聿"，语词。"改岁"是说旧年将尽，新年快到。

　　　　　　　　　　　　　　　　　　　　　　诗经选

六月食郁及薁㊵，
七月亨（烹）葵及菽㊶。
八月剥（扑）枣㊷，
十月获稻，
为此春酒㊸，
以介眉寿㊹。
七月食瓜，
八月断壶㊺。
九月叔苴㊻，

采荼薪樗㊼，
食我农夫。

九月筑场圃㊽，
十月纳禾稼㊾。
黍稷重（种）穋（稑）㊿，
禾麻菽麦(51)。
嗟我农夫！
我稼既同，

【注释】

㊵ 郁：植物名，唐棣之类。树高五六尺，果实像李子，赤色。薁（音郁）：植物名，果实大如桂圆。
㊶ 菽：豆的总名。
㊷ 剥：读为“扑”，击。
㊸ 春酒：冬天酿酒经春始成，叫作春酒。枣和稻都是酿酒的原料。
㊹ 介：祈求。眉寿：长寿，人老眉间有豪毛，叫秀眉，所以长寿称眉寿。
㊺ 壶：葫芦。
㊻ 叔：拾。苴：秋麻之子，可以吃。
㊼ 樗：臭椿。薪樗言采樗木为薪。
㊽ 场是打谷的场地。圃是菜园。春夏做菜园的地方秋冬就做成场地，所以场圃连成一词。
㊾ 纳：收进谷仓。稼：古读如“故”。禾稼，谷类通称。
㊿ 重、穋（音陆）：就是“种”“稑”。种是先种后熟的谷，稑是后种先熟的谷。
(51) 这句的“禾”是专指一种谷，即今之小米。

上（尚）入执宫功(52)。
昼尔于茅，
宵尔索绹(53)，
亟其乘屋(54)，
其始播百谷。

二之日凿冰冲冲(55)，
三之日纳于凌阴(56)，
四之日其蚤（叉）(57)，
献羔祭韭(58)。
九月肃霜(59)，
十月涤场(60)。
朋酒斯飨(61)，
曰杀羔羊。
跻彼公堂(62)，
称彼兕觥(63)，
“万寿无疆”(64)！

【注释】

(52) 功：事。宫功指建筑宫室，或指室内的事。
(53) 索是动词，指制绳。绹就是绳。索绹是说打绳子。上两句言白天取茅草，夜晚打绳子。
(54) 亟：急。乘屋：盖屋。茅和绳都是盖屋需用的东西。以上三句言宫功完毕后，急忙修理自己的屋子。因为播谷的工作又要开始了，不得不急。
(55) 冲冲（古读如沉）：凿冰之声。
(56) 凌：是聚积的冰。阴：指藏冰之处。
(57) 蚤：读为“叉（音爪）”，取。这句是说取冰。
(58) 这句是说用羔羊和韭菜祭祖。《礼记·月令》说仲春献羔开冰，四之日正是仲春。
(59) 肃霜：犹“肃爽”，双声连语。这句是说九月天高气爽。
(60) 涤场：清扫场地。这句是说十月农事完全结束，将场地打扫洁净。一说涤场即“涤荡”，十月涤荡是说到了十月草木摇落无余。
(61) 朋酒：两樽酒。这句连下句是说年终燕乐。
(62) 跻：登。公堂或指公共场所，不一定是国君的朝堂。
(63) 称：举。
(64) 万：大。无疆：无穷。以上三句言升堂举觥，祝君长寿。

【今译】

七月火星向西沉，
九月人家寒衣分。
冬月北风叫得尖，
腊月寒气添，
粗布衣裳无一件，
怎样挨过年！
正月里修耒头，
二月里忙下田，
女人孩子一齐干，
送汤送饭上垄边，
田官老爷露笑脸。

七月火星向西沉，
九月人家寒衣分。
春天里好太阳，
黄莺儿叫得忙。
姑娘们拿起高筐筐，
走在小路上，
去采养蚕桑。

春天里太阳慢悠悠，
白蒿子采得够。
姑娘们心里正发愁，
怕被公子带了走。

七月火星向西沉，
八月苇秆好收成。
三月里修桑条，
拿起斧和斨，
太长的枝儿都砍掉，
拉着枝条采嫩桑。
七月里伯劳还在嚷，
八月里绩麻更要忙。
染出丝来有黑也有黄，
朱红色儿更漂亮，
得给那公子做衣裳。

四月里远志把子结，
五月里知了叫不歇。

八月里收谷，
十月落树叶。
冬月里打貉子，
还得捉狐狸，
要给公子做皮衣。
腊月里大伙又聚齐，
打猎习武艺。
小个儿野猪给自己，
大个儿野猪献公爷。

五月斯螽弹腿响，
六月纺织娘抖翅膀。
七月蛐蛐儿在野地，
八月里在屋檐底，
九月门口叫，
十月床下移。
火烟熏耗子，
窟窿尽堵起，
塞起北窗户，
柴门涂上泥。
叫唤儿子和老妻，

如今快过年，
且来搬屋里。

六月里吃山楂樱桃，
七月里煮葵菜豆角。
八月里打枣，
十月里煮稻，
做成甜酒叫冻醪，
老人家喝了精神饱。
七月里把瓜儿采，
八月里把葫芦摘。
九月里收麻子，
掐些苦菜打些柴，
咱农夫把嘴糊起来。

九月垫好打谷场，
十月谷上仓。
早谷晚谷黄米高粱，
芝麻豆麦满满装。
咱们这些泥腿郎！
地里庄稼才收起，

城里差事又要当。
白天割得茅草多，
夜里打得草索长，
赶紧盖好房，
耕田撒种又要忙。

十二月打冰冲冲响，
正月抬冰窖里藏，
二月取冰来上祭，

献上韭菜和羔羊。
九月里下霜，
十月里扫场。
捧上两樽酒，
杀上一只羊。
齐上公爷堂，
牛角杯儿举头上，
祝一声"长寿无量"！

鸱鸮

【题解】

　　这是一首禽言诗。全篇作一只母鸟的哀诉，诉说她过去遭受的迫害，经营巢窠的辛劳和目前处境的艰苦危殆。这诗止于描写鸟的生活还是别有寄托，很难断言。旧说以为是周公贻成王的诗，不足信。

鸱鸮鸱鸮①！　　　　　　迨天之未阴雨，

既取我子，　　　　　　彻彼桑土（杜）⑤，

无毁我室②。　　　　　　绸缪牖户⑥。

恩斯勤斯③，　　　　　　今女（汝）下民⑦，

鬻（育）子之闵斯④。　　　或敢侮予⑧。

【注释】

① 鸱鸮：鸟名，即鸱鸺，今俗名猫头鹰。

② 室：指鸟巢。

③ 恩斯勤斯：两个斯字都是语助词。恩勤，犹殷勤。

④ 鬻：是"育"的借字。育子指孵雏。闵：病。

⑤ 彻：剥裂。土是"杜"的借字，《释文》引《韩诗》作"杜"。桑杜就是桑根。

⑥ "绸缪"见前。牖户指巢。以上二句是说剥取桑根的皮来修补鸟窠。

⑦ 女，《孟子》作"此"。下民：指人类，鸟在树上，所以称人类为下民。

⑧ 侮：指投石、取卵等事，巢不坚固就为人所乘。

予手拮据⑨，　　　　　予羽谯谯⑭，

予所捋荼⑩，　　　　　予尾翛翛⑮。

予所蓄租⑪，　　　　　予室翘翘⑯，

予口卒瘏⑫，　　　　　风雨所漂摇⑰。

曰予未有室家⑬。　　　予维音哓哓⑱。

【注释】

⑨ 拮据："撠挶"的假借，手病。

⑩ 所：尚。捋荼：取芦苇和茅草的花，为垫巢之用。

⑪ 租：积。或读为"苴"，草。

⑫ 卒瘏：言终于疲病。卒或读为"瘁"，瘁瘏同义。以上四句言爪和嘴都因为过劳
　　而病。

⑬ 家（古读如姑）：这句是说巢未完成。

⑭ 谯谯：不丰满。

⑮ 翛翛：干枯无润泽之色。

⑯ 翘翘：危。

⑰ 漂摇：冲击扫荡。漂属雨，摇属风。

⑱ 哓哓：由于恐惧而发的叫声。

【今译】

猫头鹰啊猫头鹰！　　　　　我的两手早发麻，
你抓走我的娃，　　　　　　还得去捡茅草花，
别再毁我的家。　　　　　　我聚了又聚加了又加，
我辛辛苦苦劳劳碌碌，　　　临了儿磨坏我的嘴，
累坏了自己就为养娃。　　　还不曾整好我的家。

趁着雨不下来云不起，　　　我的羽毛稀稀少少，
桑树根上剥些儿皮，　　　　我的尾巴像把干草。
门儿窗儿都得修理。　　　　我的窠儿晃晃摇摇，
下面的人们，　　　　　　　雨还要淋风也要扫。
许会把我欺。　　　　　　　直吓得我喳喳乱叫。

东山

【题解】

这是征人还乡途中念家的诗。在细雨蒙蒙的路上，他想象到家后恢复平民身份的可喜（第一章），想象那可能已经荒废的家园，觉得又可怕，又可怀（第二章），想象自己的妻正在为思念他而悲叹（第三章），回忆三年前新婚光景，设想久别重逢的情况（第四章）。

我徂东山①，　　　　　我东曰归，

慆慆不归②。　　　　　我心西悲④。

我来自东，　　　　　制彼裳衣⑤，

零雨其蒙③。　　　　　勿士（事）行枚⑥。

【注释】

① 东山：诗中军士远戍之地。相传本诗和周公伐奄有关，东山当在奄国（今山东曲阜境）境内。

② 慆慆，一作"滔滔"，久。

③ 零雨：徐雨，小雨。蒙：微雨貌。

④ 悲：思念。（《汉书·高帝纪》"游子悲故乡"的"悲"字和这里相同。）

⑤ 裳衣：言下裳和上衣。古人男子衣服上衣下裳，但戎服不分衣裳。

⑥ 士读为"事"。就是从事。行读为"衡"，就是横。横枚等于说衔枚。古人行军袭击敌人时，用一根筷子似的东西横衔在嘴里以防止出声，叫作衔枚。以上两句是设想回家后换上平民服装，不再从事征战。

蜎蜎者蠋⁷，　　　　　　零雨其蒙。
烝在桑野⁸。　　　　　　果臝之实⁑⁰，
敦彼独宿⁹，　　　　　　亦施于宇⑪。
亦在车下。　　　　　　伊（蚼）威（蜮）在室⑫，
　　　　　　　　　　　蟏蛸在户⑬。
我徂东山，　　　　　　町畽鹿场⑭，
慆慆不归。　　　　　　熠耀宵行⑮。
我来自东，　　　　　　不可畏也？

【注释】

⑦　蜎蜎：蚕蠋屈曲之貌。蠋，字本作"蜀"，蛾蝶类的幼虫。这里所指的是桑树间野生的蚕。

⑧　烝：久。

⑨　敦：团。敦本是器名，形圆如球。这句连下句是说在车下独宿，身体蜷曲成一团。上文"蜎蜎者蠋"两句以蠋和人对照，独宿者蜷曲的形状像蠋，但蠋在桑间是得其所，人在野地露宿是不得其所。

⑩　果臝：葫芦科植物，一名栝楼或瓜蒌。

⑪　施（音异）：移。栝楼蔓延到檐上是无人剪伐的荒凉景象。

⑫　伊威：虫名。椭圆而扁，多足，灰色，今名土鳖，常在潮湿的地方。《本草》一作"蚙蜮"。

⑬　蟏蛸（音萧筲）：虫名，蜘蛛类，长脚。以上两句是室内经常无人打扫的景象。

⑭　町畽：平地被兽蹄所践踏处。町音"廷"。畽音"团"的上声。鹿场：鹿经行的途径。

⑮　熠耀：光明貌。宵行：燐火。以上两句写宅外荒凉景象。从果臝句以下到这里都是设想自己离家后，园庐荒废的情形。

伊可怀也^⑯。　　　　　　　洒扫穹窒，

　　　　　　　　　　　　　　　我征聿至^⑱。

我徂东山，　　　　　　　　有敦瓜苦^⑲，

慆慆不归。　　　　　　　　烝在栗薪^⑳。

我来自东，　　　　　　　　自我不见，

零雨其蒙。　　　　　　　　于今三年。

鹳鸣于垤^⑰，

妇叹于室。　　　　　　　　我徂东山，

【注释】

⑯ 以上两句设为问答，上句说这样不可怕吗？下句说是可怀念的啊。下句并非将
　　上句否定，诗意是尽管情况可怕还是可怀的，甚至越可怕越加怀念。

⑰ 鹳：鸟名，涉禽类，形似鹤，又名冠雀。俗名又叫"老等"，因其常在水边伫立，
　　等待游鱼。垤：小土堆。

⑱ 征：行。聿：语词，同"曰"。聿、曰都有将意，《七月》篇"聿为改岁"言将改岁。
　　本诗"我东曰归"也是说将归。以上三句是说征夫设想妻在家悲叹，恨不得告诉
　　她：别叹息了，赶紧收拾屋子吧，我正在赶路，将要到家了。

⑲ 瓜苦：即瓜瓠，也就是匏瓜，葫芦类。古人结婚行合卺之礼，就是以一匏分作两
　　瓢，夫妇各执一瓢盛酒漱口，这诗瓜苦似指合卺的匏。下文叹息三年不见，因为
　　想起新婚离家已经三年了。

⑳ 栗薪，《释文》引《韩诗》作"溧薪"，聚薪，和《绸缪》篇的"束薪"同义。以上二
　　句言团团的匏瓜搁在那柴堆上已经很久了。

国风　　　　　　　　　　　　　　　　　　　　　　　　　　　　　　　　267

惛惛不归。

我来自东，

零雨其濛。

仓庚于飞㉑，

熠耀其羽。

之子于归㉒，

皇驳其马㉓。

亲结其缡㉔，

九十其仪㉕。

其新孔嘉㉖，

其旧如之何㉗？

【注释】

㉑ 仓庚：鸟名，见《七月》篇注。

㉒ 之子：指妻。

㉓ 皇：黄白色。驳：赤白色。

㉔ 亲：指"之子"的母亲。缡：古读如"罗"。结缡，将佩巾（就是帨，见《野有死麕》）结在带上。古俗嫁女时母为女结缡。

㉕ 九十言其多。仪：古读如"俄"。这句是说仪注之繁。以上追忆新婚时的情形，和上章瓜苦栗薪的回忆紧相承接。

㉖ 嘉（古读如歌）：美。

㉗ 旧：犹久。以上二句言"之子"新嫁来的时候很好，隔了三年不晓得怎样了。

　　　　　　　　　　　　　　　　　诗经选

打我远征到东山，
一别家乡好几年。
今儿打从东方来，
毛毛雨儿尽缠绵。
听得将要离东方，
心儿西飞奔家乡。
家常衣裳缝一件，
从此不再把兵当。
山蚕屈曲树上爬，
桑树地里久住家。
人儿团团独自睡，
独自睡在车儿下。

打我远征到东山，
一别家乡好几年。
今儿打从东方来，
毛毛雨儿尽缠绵。
栝楼藤长子儿大，
子儿结在房檐下。

土鳖儿屋里来跑马，
蟏蛸儿做网拦门挂。
场上鹿迹深又浅，
燐火来去光闪闪。
家园荒凉怕不怕？
越是荒凉越牵挂。

打我远征到东山，
一别家乡好几年。
今儿打从东方来，
毛毛雨儿尽缠绵。
墩上老鹳不停唤，
我妻在房唉声叹。
快把屋子收拾起，
行人离家可不远。
有个葫芦团又团，
摺在柴堆没人管。
葫芦在家我不见，
不见葫芦整三年。

国风

打我远征到东山，
一别家乡好几年。
今儿打从东方来，
毛毛雨儿尽缠绵。
记得那天黄莺忙，
翅儿闪闪映太阳。

那人过门做新娘，
马儿有赤也有黄。
娘为女儿结佩巾，
又把礼节细叮咛。
回想新婚真够美，
久别重逢可称心？

狼跋

【题解】

　　这是一首讽刺诗。诗中把一位统治者（诗人称他为公孙）比做老狼。嘲笑他步态丑笨，进退困窘。

狼跋其胡①，　　　　　　　　狼疐其尾，
载疐其尾②。　　　　　　　　载跋其胡。
公孙硕肤（胪）③，　　　　　公孙硕肤（胪），
赤舄几几④。　　　　　　　　德音不瑕⑤。

【注释】

① 跋：践踏，踩。胡：颈下垂肉。狼老了颈下就有胡。

② 载：再。疐（音替）：同"跋"。诗人形容老狼行步艰难，走起路来身子如跳板一上一下的形状，前后更迭地一起一伏，前跋后疐。用来比公孙步态笨重动摇。

③ 公孙：指豳公的后代。肤：古与"胪"同字，腹前部为胪。硕肤就是大肚子。

④ 赤舄（音昔）：黄朱色的鞋，周朝王和诸侯都穿它。几几，亦作"己己"，形容弯曲。舄的前端有绚（音渠），就是弯曲的鼻，它是舄上最显眼的部分，诗人就以它代表舄。

⑤ 德音：声名。瑕：读作"假"，义犹嘉。不瑕就是不好。

老狼踩着脖子底下耷拉皮，　　老狼踩着它的长尾巴，
又把它的尾巴踩。　　　　　　又踩着脖子底下皮耷拉。
这位公孙大肚皮呀，　　　　　这位公孙大肚皮呀，
穿着大红勾勾鞋。　　　　　　他的名声可不佳。

雅·颂

小雅

常棣

【题解】

这是宴兄弟劝友爱的诗。第一、二两章言兄弟相亲相怀过于他人。第三、四章以危难之中朋友和兄弟的帮助相比较。第五章言平时兄弟还不如朋友亲近，言外之意：这是不应该的。第六章写兄弟宴饮的和乐。第七、八章以夫妇比衬兄弟，言丧乱的时期兄弟固然比朋友好，安宁的时候兄弟也不是不如妻子。

常棣之华 ①，　　　　　死丧之威（畏）③，
鄂不韡韡 ②。　　　　　兄弟孔怀 ④。

凡今之人，　　　　　　原隰裒矣 ⑤，
莫如兄弟。　　　　　　兄弟求矣 ⑥。

【注释】

① 常棣：木名。果实像李子而较小。花两三朵为一级，茎长而花下垂。诗人以常棣的花比兄弟，或许因其每两三朵彼此相依，所以联想。

② 鄂不：花蒂。"鄂"字《说文》引作"萼"。"不"字在甲骨文是花蒂的象形，韡韡：光辉。这两句是说常棣的花蒂的光辉表现于外。

③ "威""畏"古时通用。

④ 孔怀：很关心。这两句是说死丧的事一般人只觉可怕，兄弟却真是关怀。

⑤ 裒：聚。聚于原野似指战争一类的事。一说裒读为"踣"，毙。

⑥ 求：相求，是说彼此关心生死，互相寻觅。一说言在兄弟死后往求其尸。

脊令在原⑦，　　　　　　丧乱既平，

兄弟急难。　　　　　　　既安且宁。

每有良朋⑧，　　　　　　虽有兄弟，

况也永叹⑨。　　　　　　不如友生⑬。

兄弟阋于墙⑩，　　　　　傧尔笾豆⑭，

外御其务（侮）⑪。　　　饮酒之饫⑮。

每有良朋，　　　　　　　兄弟既具（俱）⑯，

烝也无戎⑫。　　　　　　和乐且孺⑰。

【注释】

⑦ 脊令：水鸟名。水鸟在原野比喻人有患难，兄弟有患难就急于相救。

⑧ 每：犹言时常。

⑨ 况：就是贶，赐给。以上两句是说当危难的时候往往有些良朋只能为之长叹，而不能像兄弟奔赴援助。

⑩ 阋（音吸）：相争。

⑪ 务（古读如蒙），《左传》和《国语》都引作"侮"。以上二句是说兄弟虽有时相争于内，一旦有外侮，就同心抵御。

⑫ 烝：久。戎：助。

⑬ 友生：朋友，生是语助词。

⑭ 傧：陈列。笾、豆：祭祀或燕享时用来盛食物的器具。笾用竹制，豆用木制。

⑮ 之：犹是。饫：满足。

⑯ 具：同"俱"，聚集。

⑰ 孺：中心相爱。

妻子好合，　　　　　　　　"宜尔室家㉑，

如鼓瑟琴⑱。　　　　　　　乐尔妻帑㉒。"

兄弟既翕⑲，　　　　　　　是究是图㉓，

和乐且湛⑳。　　　　　　　亶其然乎㉔！

【注释】

⑱ 鼓：弹奏。以上二句言夫和妻相亲爱，像乐音之配合调谐。用夫妇来衬出兄弟。

⑲ 翕（音吸）：聚合。

⑳ 湛（音耽）：久乐或甚乐。

㉑ 宜：安。

㉒ 帑（音奴）：子孙。

㉓ 究：言用心体会上面两句话的道理，图：言努力做到。

㉔ 亶：信。其：指宜室家，乐妻帑。

【今译】

常棣的花儿，
花蒂都有光采。
如今一般的人，
谁像兄弟相待。

乱事平定之后，
日子过得安宁。
这时虽有兄弟，
又不如朋友相亲。

死丧的威胁，
兄弟最是关心。
众人聚在原野，
兄弟往来相寻。

陈列竹碗木碗，
饮宴心足意满。
兄弟今日团聚，
互相亲热温暖。

鹡鸰困在陆地，
兄弟赶来救难。
往往有些良朋，
相赠只有长叹。

夫妻父子相亲，
就像琴瑟谐调。
兄弟今日团聚，
永远欢乐和好。

兄弟在家相争，
同心抵抗外侮。
往往有些良朋，
长期没有帮助。

"使你全家相安，
妻子都能快乐。"
好好体会力行，
这话真是不错！

伐木

【题解】

　　这是宴亲友的乐歌。第一章以鸟与鸟的相求比人和人的相友。以神对人的降福说明人与人友爱相处的必要。第二章言备酒肴，勤洒扫，专待长者们到来。第三章写醉饱歌舞之乐。末尾两句是再约后会。

伐木丁丁①。	相彼鸟矣③，
鸟鸣嘤嘤②。	犹求友声；
出自幽谷，	矧伊人矣④，
迁于乔木。	不求友生？
嘤其鸣矣，	神之听之，
求其友声。	终和且平⑤。

【注释】

① 丁丁（音争）：刀斧砍树的声音。

② 嘤嘤（音莺）：鸟鸣声。

③ 相：视。

④ 矧：况。

⑤ 终：既。以上二句是说人类友好和爱，神听到之后也会给予人既和且平之福。

　　　　　　　　　　　　　　　　　　　　　　诗经选

伐木许许⑥。 於粲洒埽⑫，

酾酒有藇⑦。 陈馈八簋⑬。

既有肥羜⑧， 既有肥牡⑭，

以速诸父⑨。 以速诸舅⑮。

宁适不来⑩？ 宁适不来？

微我弗顾⑪！ 微我有咎⑯！

【注释】

⑥ 许许，一作"浒浒"，一作"所所"，削木皮声。

⑦ 酾（音师）：用筐漉酒去掉酒糟。藇（音序），亦作"醑"，甘美。

⑧ 羜（音苎）：五月小羊。

⑨ 速：召。诸父：对同姓长辈的尊称。

⑩ 宁：犹"何"。这句是说诸父何往而不来呢？言其必来。

⑪ 微：训"无"，就是勿。顾：念。微我弗顾就是勿我顾我。

⑫ 於：发声词，犹爰。粲：鲜明貌。埽：古读如"叟"。

⑬ 馈：进食品给人叫作馈。簋（古读如九）：盛食品的器具，圆筒形。八簋，言陈列食器之多。

⑭ 牡：指羜之雄性的。

⑮ 诸舅：对异姓长辈的尊称。

⑯ 咎：过。

伐木于阪⑰。　　　　　有酒湑我㉓，

酾酒有衍⑱。　　　　　无酒酤我㉔。

笾豆有践⑲，　　　　　坎坎鼓我㉕，

兄弟无远⑳。　　　　　蹲蹲舞我㉖。

民之失德㉑，　　　　　迨我暇矣㉗，

干糇以愆㉒。　　　　　饮此湑矣。

【注释】

⑰ 阪：山坡。

⑱ 水溢叫作衍，这句言酒多。

⑲ 践：陈列貌。

⑳ 兄弟：指同辈亲友。无远言别疏远我。也是希望对方应邀赴宴的意思。

㉑ 失德：言失和而相仇怨。

㉒ 糇（音侯）：干粮。干糇代表食品之粗薄的。愆：过失。以上二句言人与人反目失和，往往因饮食细故。

㉓ 湑（音胥）：澄滤。我：语尾助词，犹汉乐府《乌生》篇"啮我"之"我"。以下三句仿此。

㉔ 酤（音沽）：买酒。

㉕ 坎坎：击鼓声。见《宛丘》。

㉖ 蹲蹲（音存）：舞貌。

㉗ 暇：古读如"户"。

砍树响叮叮。
鸟儿叫嘤嘤。
出了深谷底，
飞上高树顶。
鸟儿为何嘤嘤叫，
要把朋友声音找。
请看鸟儿多殷勤，
要把朋友声音找；
人比鸟儿更有情，
反而不把朋友交？
人的友爱神听着，
既保平安又和好。

锯树呼呼响。
筛酒扑鼻香。
我家宰了小肥羊，
众位伯叔请来尝。
哪儿去了还不来？
可别不肯来赏光！

打扫屋子生光彩，
八大件儿席上摆。
我把肥壮公羊宰，
众位长亲请过来。
哪儿去了还不来？
千万别见我的怪！

砍树砍倒山坡上。
筛酒漫出酒缸边。
盘儿碗儿排齐整，
老哥老弟别疏远。
有些人们伤和气，
饮食小事成祸源。
咱们有酒把酒筛啊，
没酒也得把酒买啊。
咱们咚咚打起鼓啊，
跳跳蹦蹦一齐舞啊，
趁着今儿有工夫啊，
来把清酒喝个足啊。

采薇

【题解】

这是戍边兵士的诗。第一、二、三三章是说远别家室，历久不归，饥渴劳苦。第四、五章写将帅车马服饰之盛，和戍卒不敢定居之劳。末章写归途雨雪饥渴的苦楚和痛定思痛的心情。

采薇采薇[1]，
薇亦作止[2]。
曰归曰归，
岁亦莫（暮）止[3]。
靡室靡家[4]，
狁之故[5]；

不遑启居[6]，
狁之故。

采薇采薇，
薇亦柔止[7]。
曰归曰归，

【注释】

[1] 薇：豆科植物，野生，可食。又名大巢菜，冬发芽，春长大。

[2] 作：生出。止是语尾助词。

[3] 岁暮：一年将尽的时候。

[4] 靡：无。靡室靡家言终年在外，和妻子远离，有家等于无家。

[5] 狁（音险允），一作"猃狁"，种族名。到春秋时代称为狄，战国、秦、汉称匈奴。狁居住的地方在周之北方。以上两句是说远离室家是为了和狁打仗。

[6] 遑：暇。启居：启是小跪。居是安坐。古人坐和跪都是两膝着席。坐时臀部和脚跟接触，跪时将腰伸直。这句是说奔走不停，没有闲暇坐下来休息。

[7] 柔：是说未老而肥嫩。

心亦忧止。　　　　　　　　岁亦阳止 ⑫。

忧心烈烈 ⑧，　　　　　　　王事靡盬，

载饥载渴。　　　　　　　　不遑启处 ⑬。

我戍未定 ⑨，　　　　　　　忧心孔疚 ⑭，

靡使归聘 ⑩。　　　　　　　我行不来 ⑮。

采薇采薇，　　　　　　　　彼尔（薾）维何 ⑯？

薇亦刚止 ⑪。　　　　　　　维常之华 ⑰。

曰归曰归，　　　　　　　　彼路斯何 ⑱？

【注释】

⑧ 烈烈：本是火势猛盛的样子，用来形容忧心，等于说忧心如焚。

⑨ 戍：驻守。这句是说驻防未有定处。

⑩ 聘：问讯。这句是说没有归聘的使者代我问室家安否。

⑪ 刚：是说将老而粗硬。

⑫ 十月为阳，现代对农历十月还称为小阳春。

⑬ 启处：犹启居。

⑭ 疚（古读如记）：病痛。孔疚等于说很痛苦。

⑮ 来（古读如厘）：慰勉。不来是说无人慰问。

⑯ 尔，《说文》引作"薾"，音同，花繁盛貌。

⑰ 常：常棣的简称。以上两句是以开得很繁盛的常棣起兴，引到壮盛军容的描写。

⑱ 路就是"辂"，音同。车的高大为辂。斯是语助词，犹维。这句和"彼尔维何"句
　法相同。

君子之车。

戎车既驾⑲，

四牡业业⑳。

岂敢定居，

一月三捷㉑。

驾彼四牡，

四牡骙骙㉒，

君子所依㉓，

小人所腓㉔。

四牡翼翼㉕。

象弭鱼服（箙）㉖。

岂不日戒㉗？

狎狁孔棘㉘。

昔我往矣，

杨柳依依㉙。

今我来思，

雨雪霏霏㉚。

行道迟迟，

载渴载饥。

我心伤悲，

莫知我哀！

【注释】

⑲ 戎车：兵车。

⑳ 牡：指驾车的雄马。业业：高大貌。

㉑ 三捷：言多次行军，就是不敢定居的意思。抄行小路为捷。

㉒ 骙骙：强壮貌。

㉓ 君子所依：君子指将帅，依犹"乘"。

㉔ 小人所腓：小人指兵士。腓（音肥），隐蔽。步卒借戎车遮蔽矢石。

㉕ 翼翼：闲习貌。

㉖ 象弭鱼服：弓两端受弦的地方叫作弭。象弭就是用象牙制成的弭。服是"箙"的
   假借字。箙是盛箭的器具。鱼箙就是用鲨鱼皮制成的"箙"。

㉗ 戒：古读如"亟"。日戒，每日警备。

㉘ 棘：急。

㉙ 依依：柳条柔弱随风不定之貌。

㉚ 霏霏：雪飞貌。以上四句言春去冬还。

大巢菜采了又采，
大巢菜冒出芽尖。
说回家哪时回家，
转眼间就到残年。
谁害我有家难奔，
还不是为了猃狁；
谁害我腔不着凳，
还不是为了猃狁。

大巢菜采了又采，
大巢菜多么鲜嫩。
说回家哪时到家，
心里头多么忧闷。
心忧闷好像火焚，
饥难忍渴也难忍。
驻防地没有一定，
哪有人捎个家信。

大巢菜采了又采，
大巢菜又粗又老。
说回家哪时回家，

小阳春十月又到。
当王差无穷无尽，
哪能有片刻安身。
我的心多么痛苦，
到如今谁来慰问。

什么花开得繁华？
那都是常棣的花。
什么车高高大大？
还不是贵人的车。
兵车啊已经驾起，
高昂昂公马四匹。
哪儿敢安然住下，
一个月三次转移。

驾起了公马四匹，
四匹马多么神气，
贵人们坐在车上，
士兵们靠它隐蔽。
四匹马多么雄壮。
象牙弭鱼皮箭囊。

怎么不天天警戒？
那狎狁实在猖狂。

想起我离家时光，
杨柳啊轻轻飘荡。
如今我走向家乡，

大雪花纷纷扬扬。
慢腾腾一路走来，
饥和渴煎肚熬肠。
我的心多么凄惨，
谁知道我的忧伤！

出车

【题解】

　　这篇诗称赞了大将南仲带兵抵御猃狁，勤劳王事，克敌有功。诗中描写了将士辛苦转战，不得休息，同时也写了眷属怀念征人。前半气象严肃，后半情调和乐。

我出我车，　　　　　我出我车，

于彼牧矣①。　　　　于彼郊矣。

自天子所，　　　　　设此旐矣，

谓我来矣②。　　　　建彼旄矣⑤。

召彼仆夫，　　　　　彼旟旐斯，

谓之载矣③。　　　　胡不旆旆⑥？

王事多难，　　　　　忧心悄悄，

维其棘（急）矣④。　仆夫况瘁⑦。

【注释】

① 我：诗人代南仲自称（本诗中只有第三章的"我"字是代将士的妻，其余都属南仲）。牧：远郊放牧之地。

② 谓：犹命或使。这两句说周王命我来此。

③ 仆夫：指御者。

④ 维：发语词。棘：急。

⑤ 旐（音兆）：画龟蛇的旗，见《无羊》注。建：立。旄（音毛）：装在旗杆头的羽毛，这里指装饰着羽毛的旗。

⑥ 旟（音余）：画鸟隼的旗，见《无羊》注。斯：语助词。旆旆：动摇，飞扬。

⑦ 悄悄：忧貌。见前《邶风·柏舟》注。况：甚。瘁：劳。

王命南仲，　　　　　　黍稷方华⑪；

往城于方⑧。　　　　　　今我来思，

出车彭彭，　　　　　　雨雪载涂⑫。

旟旐央央⑨。　　　　　　王事多难，

天子命我，　　　　　　不遑启居⑬。

城彼朔方。　　　　　　岂不怀归！

赫赫南仲，　　　　　　畏此简书⑭。

狁于襄⑩。

　　　　　　　　　　　　喓喓草虫。

昔我往矣，　　　　　　趯趯阜螽⑮。

【注释】

⑧ 王：指周宣王。南仲：周宣王臣，率师伐狁有功。《后汉书·庞参传》："昔周宣狁侵镐及方……而宣王立中兴之功……是以南仲赫赫，列在周诗。"方：地名，即下文的"朔方"，在周王畿之北。"城于方"言在朔方筑城。

⑨ 彭彭：众盛。旐：龙旗。央央，又作"英英"，鲜明貌。

⑩ 赫赫：显盛貌。狁：见《采薇》。襄：除，指解除狁入侵的患难。

⑪ 往：指出征时。方华：正开花。

⑫ 来：指伐狁后归途中。载：满。涂：泥泞。

⑬ 不遑：不暇。启居：见《采薇》。

⑭ 简书：写在竹简上的文书，指周王的命令，下文"薄伐西戎"即简书的内容。

⑮ 喓喓：虫声。草虫：指蝗，或泛指草间之虫。趯趯(音惕)：跳跃。阜螽(音终)：蝗类。

未见君子，　　　　　　卉木萋萋⑳。

忧心忡忡⑯；　　　　　　仓庚喈喈。

既见君子，　　　　　　采蘩祁祁㉑。

我心则降⑰。　　　　　　执讯获丑㉒，

赫赫南仲，　　　　　　薄言还归。

薄伐西戎⑱。　　　　　　赫赫南仲，

　　　　　　　　　　　　猃狁于夷㉓。

春日迟迟⑲。

【注释】

⑯ 君子：这里是征夫的眷属称征夫之词。忡忡：不安。"未见……""既见……"都是想象中的情况。

⑰ 降（古音洪）：悦。以上六句又见《召南·草虫》，写女子念征夫。

⑱ 薄：语助词。西戎：西方戎族。这两句是诗人用自己的口气叙述南仲的军队在归途中又奉命西征。

⑲ 迟迟：言天长。此句又见《豳风·七月》。

⑳ 卉（音讳）：草的总名。

㉑ 蘩：白蒿。祁祁：众多。此句又见《七月》。

㉒ 执：捕。讯：审问。获："馘"的假借字，就是杀而献其左耳。丑：指首恶。（马瑞辰《诗经通释》说：《隶释》有'执讯获首'之语，盖本三家诗，以丑为首之假借。"）这句说对待俘虏分两类：对于需要问讯取得口供的就拘捕起来；对于罪魁就杀掉并割下左耳。

㉓ 夷：平。最后再把平定猃狁的事重叙一笔以作结束。伐戎只是小小插曲，包括在伐猃狁这一大事之中。

开出我的车子，
车子走向牧地。
打从天子所在，
奉命来到这里。
召集御车的武士，
叫他们装载武器。
如今国家多难，
国难已是紧急。

开出我的车子，
车子走向郊野。
龟蛇旗子高举，
竿上牛尾挂起。
问那些龟蛇鸟旗，
为何不飘扬翻飞？
我的心惶惶不安，
仆夫们面容憔悴。

天子命令南仲，

到朔方筑起城墙。
车马浩浩荡荡，
旌旗一片辉煌。
天子命我南仲，
把城堡筑在朔方。
威名远扬的南仲，
把猃狁彻底扫荡。

当初从军打仗，
高粱穗花儿才吐；
如今走向家乡，
雪花飞泥水满路。
只为了国家多难，
不曾有片刻闲住。
难道不怀念乡土？
担心那告急的文书。

草虫喓喓地叫。
蚱蜢趯趯地跳。

见不着我的丈夫，
心儿忡忡如捣；
见着了我的丈夫，
心儿放下来了。
威名远扬的南仲，
又把西戎征讨。

春天的日子漫长。

春天的草木茁壮。
黄莺儿到处歌唱。
采蘩的满载满装。
审问过俘虏报过了杀伤，
凯旋的将士归还家乡。
南仲啊威名远扬，
那猃狁再不能猖狂。

杕杜

【题解】

　　这首诗写应役远戍的兵士过期不得还乡，和家里的人互相思念。每章七句，上四句写征夫，下三句写思妇。

有杕之杜，　　　　　　　　有杕之杜，
有睆其实①。　　　　　　　其叶萋萋。
王事靡盬，　　　　　　　　王事靡盬，
继嗣我日②。　　　　　　　我心伤悲。
日月阳止③，　　　　　　　卉木萋止，
女心伤止，　　　　　　　　女心悲止，
征夫遑止④。　　　　　　　征夫归止。

【注释】

① 杕（音第）：孤独貌。杜：棠梨。睆：犹圆。一说睆是形容颜色美好之词。

② 靡盬（音古）：无止息。已见前。继嗣：一延再延。日：指归期。《盐铁论》："古者行役不逾时，春行秋返，秋行春返。"

③ 阳：十月为阳月，已见《采薇》篇。日月阳止犹《采薇》篇的"岁亦阳止"。一说阳犹扬，扬是过去的意思，日月扬止和《蟋蟀》篇"日月其迈"意义相同。

④ 遑：暇。征夫遑止是思妇估计之词，言征人这时该到闲暇将归的时候了。下文"征夫归止"等句仿此。

陟彼北山，　　　　　匪载匪来⑦，
言采其杞。　　　　　忧心孔疚。
王事靡盬，　　　　　期逝不至，
忧我父母。　　　　　而多为恤⑧。
檀车幝幝⑤，　　　　卜筮偕止⑨，
四牡痯痯⑥，　　　　会言近止⑩，
征夫不远。　　　　　征夫迩止。

【注释】

⑤ 檀车：檀木所造的车。参看《伐檀》篇。幝幝（音阐），一作"啴啴"，敝貌。或解
　　作车声，亦通。
⑥ 痯痯（音管）：疲貌。这两句写思妇设想征夫在途中车敝马疲，缓缓前进。
⑦ 载：读为"在"，是存问的意思。来是慰劳。"匪载匪来"二句言因无人慰问而
　　伤心。
⑧ 期逝：归期已过。不至：代替的人不来。而犹是。恤：忧。而多为恤言因此更
　　多忧。
⑨ 偕：犹"谐"。一说偕训嘉，就是吉。
⑩ 会：合。卜筮各三人。会言指三人合言。近言归期不远。

孤零零的棠梨树，
圆溜溜的棠梨果。
王家差事无穷尽，
还乡日子拖又拖。
进了十月残年到，
女人在家心烦恼，
出门人儿该闲了。

一棵棠梨孤零零，
棠梨叶儿布成阴。
王家差事无穷尽，
叫我如何不伤心。
百草千花都盛旺，
女人在家心感伤，
出门人儿该还乡。

天天爬上北山崖，
上山为把枸杞采。
王家差事无穷尽，
想起爹妈愁难解。
檀木车儿慢慢赶，
四匹公马腿发软，
出门人儿该不远。

没人安慰没人问，
叫我心上痛难忍。
过期换班人不到，
千忧百虑一齐生。
又问灵龟又问卦，
都说快要看见他，
出门人儿快到家。

车
攻

【题解】

这首诗记周宣王东巡田猎，会合诸侯的事。

我车既攻（工）^①，　　　　　四牡孔阜^⑤。

我马既同^②。　　　　　　　　东有甫草，

四牡庞庞，　　　　　　　　　驾言行狩^⑥。

驾言徂东^③。

　　　　　　　　　　　　　　之子于苗^⑦，

田车既好^④，　　　　　　　选徒嚣嚣^⑧。

【注释】

① 攻：修治。《石鼓文》有"吾车既工"句，字作"工"。这句说车子已经加工修理，坚固可用。

② 同：齐。这句说拉车的马已经过挑选和训练，跑起来快慢相齐了。

③ 庞庞：躯体充实。驾：驾车。言：语助词，无义。驾言徂东言驾好车往东方去。东指东都雒邑，在镐京之东。

④ 田车：打猎时所乘的车。

⑤ 孔阜：很高大肥壮。

⑥ 甫草：甫田之草。甫田一名圃田，一名原圃，宣王时其地在王畿之内，后归郑国。行狩：进行田猎。冬猎为狩，这里用来指一般田猎。这两句说驾车往甫田行猎。

⑦ 之子：那些人（指随从周王出猎者，实即指周王，古人对尊贵的人往往不直接指称，而称其臣属以代本人，如陛下、殿下、阁下、左右等都是）。于苗：往猎。苗本是夏猎的专称，这里指一般田猎，因押韵而换字，正如上句之用狩字。

⑧ 选：读为"算"，点数的意思。徒：步卒。嚣嚣：众多。

建旐设旄，　　　　　　　　会同有绎^⑪。
搏兽于敖^⑨。

　　　　　　　　　　　　决拾既佽，
驾彼四牡，　　　　　　　弓矢既调^⑫。
四牡奕奕^⑩。　　　　　射夫既同，
赤芾金舄，　　　　　　　助我举柴^⑬。

【注释】

⑨ 搏兽，一作"薄狩"。敖：地名，和甫田相近。今河南成皋西北有敖山。这两句说前往敖地打猎。

⑩ 奕奕：盛貌（形容车马络绎）。

⑪ 赤芾：诸侯朝服的一部分，见《曹风·候人》。金舄（音昔）：黄朱色的鞋。会同：诸侯盟会的专称。有绎：犹"绎绎"，盛貌。这两句说诸侯聚会。

⑫ 决：射时钩弦之具，用象骨制成，戴在左手拇指。拾：又名遂，就是射韝（用熟制兽皮制成的臂衣，着在左臂）。佽（音次）：利。调：指箭的重轻和弓的强弱配合得当。

⑬ 射夫：射手。夫是男子的总名。同：聚齐。柴，当作"㩧（音渍）"，积。举㩧指堆积动物的尸体。这两句说参加打猎的射手都已集合来相助获得禽兽。

四黄既驾，　　　　　　徒御不惊（警）？

两骖不猗⑭。　　　　　　大庖不盈⑰？

不失其驰，

舍矢如破⑮。　　　　　　之子于征，

　　　　　　　　　　　　有闻无声⑱。

萧萧马鸣，　　　　　　　允矣君子，

悠悠旆旌⑯。　　　　　　展也大成⑲！

【注释】

⑭ 四黄：四匹黄马。两骖：左右两侧的马。猗，当作"倚"。不倚指方向不偏，和中
　　间两马一致。

⑮ 不失其驰：指御不违法则。御和射相配合，有一定法则。舍矢：言放箭。如：犹而。
　　破：指射中。"舍矢如破"和《秦风·驷驖》"舍拔则获"句意同，就是说箭一离手
　　就中的。

⑯ 萧萧：马长嘶声。悠悠：闲暇貌。这两句写大猎后整队等待着下令返归时的静肃
　　景象。

⑰ 徒：指步行者。御：指在车上驾驶者。惊当作"警"。徒御不警是用诘问语气说明
　　车上车下都在警戒着（等候周王）。大庖：指周王的厨房。这句说大庖充实，猎
　　获物很多。

⑱ 征：行。有闻言车行马鸣的声音有所闻。无声言没有人声。二句说归途中队伍
　　严肃。

⑲ 允：惬当，指周王指挥措施得宜。展：诚。末句称颂这次会合诸侯，选徒行猎，
　　十分成功。

我们的车儿制造精工，　　扳指和射鞲全都便利，
我们的马儿动作齐同。　　弓儿和箭全都相配。
四匹雄驹肌肉饱满，　　　弓箭手们会合拢来，
驾起车来奔驰向东。　　　帮我们猎获禽兽成堆。

我们的猎车全都完美，　　驾起四匹马毛色全黄，
四匹马儿高大雄伟。　　　两旁的马儿没有偏向。
大块草泽就在东边，　　　四马的步儿一丝不乱，
驾起车儿前去打围。　　　箭才离了弦就有杀伤。

那位君子出发打猎，　　　声萧萧马儿嘶唤，
清点步卒人声喧喧。　　　轻悠悠旌旗招展。
龟蛇旗竿上挂牛尾，　　　车上车下谁不警戒？
为了打猎要上敖山。　　　大厨房里怎不充满？

那些车子驾着四马，　　　那位君子走上归程，
四马的车儿络绎纷纭。　　只听见车马不闻人声。
金色的鞋子红皮蔽膝，　　君子的措施果然得当，
诸侯们纷纷前来会盟。　　如今真个是大功告成！

鸿雁

【题解】

　　这是诅咒徭役的诗。为了统治阶级的需要，这些矜人，甚至包括鳏寡，都不得不"劬劳于野"。

鸿雁于飞，
肃肃其羽①。
之子于征，
劬劳于野②。
爰及矜人，
哀此鳏寡③！

鸿雁于飞，
集于中泽④。
之子于垣，
百堵皆作⑤。
虽则劬劳，
其究安宅⑥？

【注释】

① 鸿雁：鸿与雁同物异称，或复称为鸿雁。肃肃：鸟飞时羽声，已见前《鸨羽》篇。
② 之子：这些人，指被征服役者。劬：过劳。
③ 爰：犹"乃"。矜人：可怜人。鳏寡：老而无配偶者。这两句说矜人中包括鳏寡。
④ 集：群息。中泽：泽中。
⑤ 于垣：往筑墙。百堵：一百方丈。
⑥ 究：究竟。安宅：何处居住。

鸿雁于飞，　　　　　　　谓我劬劳。

哀鸣嗷嗷。　　　　　　　维彼愚人，

维此哲人⑦，　　　　　　谓我宣骄⑧。

【注释】

⑦ 哲人：智者。

⑧ 宣骄：骄傲。

【今译】

雁儿飞去了，　　　　　百丈都筑起。
两翅响沙沙。　　　　　吃尽辛和苦，
那人出门去，　　　　　哪是安身地？
郊外做牛马。
都是受苦人，　　　　　雁儿飞去了，
可怜鳏和寡！　　　　　嗷嗷放悲声。
　　　　　　　　　　　这些明白人，
雁儿飞去了，　　　　　知我苦难忍。
落在湖沼里。　　　　　只有糊涂蛋，
那人筑墙去，　　　　　说我不安分。

庭燎

【题解】

这是写周王朝会的诗。三章写庭燎从火光照人到只见烟气，写入朝的大臣从鸾声锵锵到旂旐可辨，都见出时间由黑夜到天明的进展。

夜如何其^①？　　　　夜如何其？
夜未央^②。　　　　　夜未艾^⑥。
庭燎之光^③。　　　　庭燎晣晣^⑦。
君子至止^④，　　　　君子至止，
鸾声将（锵）将（锵）^⑤。　鸾声哕哕^⑧。

【注释】

① 其（音基）：语尾助词。

② 未央：未尽。一说未央即未中，未半。

③ 庭燎：在庭院内燃点的火炬，又叫大烛，古人的烛是用麻稭或苇做的。

④ 君子：指入朝的卿大夫或诸侯。止是语尾助词，犹只。

⑤ 鸾：鸾镳，见《驷驖》。一说鸾即銮，指旂上的众铃。将（音枪）：同"锵"。锵锵是铃声。

⑥ 未艾：未已，犹未央。

⑦ 晣晣：小明。从上章的"光"见出燃烧正盛，从本章的"晣晣"见出火光渐小。

⑧ 哕哕（音讳）：也是铃声。

夜如何其？

夜乡（嚮）晨⑨。

庭燎有辉⑩。

君子至止，

言观其旂⑪。

夜天怎么样啦？　　　　　公侯们来啦，
还有多一半长。　　　　　听到铃声叮叮。
庭前火把辉煌。
公侯们来啦，　　　　　　夜天怎么样啦？
听到铃声当当。　　　　　曙光渐渐出现。
　　　　　　　　　　　　火把正在冒烟。
夜天怎么样啦？　　　　　公侯们来啦，
黑夜还没有消尽。　　　　旗子已经看见。
火把减了光明。

白
驹

【题解】

　　这是留客惜别的诗。前三章是客未去而挽留，后一章是客已去而相忆。

皎皎白驹，　　　　　　皎皎白驹，
食我场苗①。　　　　　　食我场藿⑥。
絷之维之②，　　　　　　絷之维之，
以永今朝③。　　　　　　以永今夕。
所谓伊人④，　　　　　　所谓伊人，
于焉逍遥⑤。　　　　　　于焉嘉客⑦。

【注释】

① 场：圃。参看《七月》篇注 ㊽。
② 絷：绊马两足。维：用绳一头系马勒一头系在树木楹柱等物上。
③ 永：长。这句是留客之词，言多留一刻，这欢乐的早晨就多延长一刻。下章"以
　 永今夕"仿此。
④ 谓：这里训勤，就是望或念的意思。伊人：此人，指白驹的主人。
⑤ 焉：此。逍遥：闲散自在貌。这句是说伊人在此游息。
⑥ 藿：初生的豆。上章的苗就是指豆苗。
⑦ 这句说在我处做好客人。

皎皎白驹，
贲然来思⑧。
尔公尔侯⑨！
逸豫无期⑩。
慎尔优游⑪，
勉尔遁思⑫。

皎皎白驹，
在彼空谷⑬。
生刍一束⑭。
其人如玉⑮。
毋金玉尔音⑯，
而有遐心⑰！

【注释】

⑧ 贲：饰。贲然是光彩貌。

⑨ 尔公尔侯：指"伊人"。

⑩ 逸豫：安乐。期读为"綦"，极。以上二句是说客人在这里可得到极大的安乐。

⑪ 慎：重。优游：犹逍遥。

⑫ 勉：抑止之辞。遁：迁。以上二句对客人说：你重视这一番优游罢，且别作离去的打算。

⑬ 空谷，《文选》李善注引《韩诗》作"穹谷"，即深谷。以上二句言白驹离此归去正走在深谷之中。

⑭ 生刍：青草，用来喂白驹。

⑮ 其人：指白驹的主人。"如玉"言其有美德。

⑯ 这句对"其人"说，别太珍惜你的音信像珍惜金玉似地。

⑰ 遐：远。遐心是说疏远之心。最后两句是希望其人勿断绝音信。

【今译】

白白的小马儿，
吃我场上的青苗。
拴起它拴起它啊，
延长欢乐的今朝。
那个人那个人啊，
来到这儿寻乐。

白白的小马儿，
把光辉带到此地。
高贵的客人！
此地十分安逸。
好好儿乐一乐吧，
甭打走的主意。

白白的小马儿，
吃我场上的豆茎。
拴起它拴起它啊，
延长今晚的良辰。
那个人那个人啊，
我家尊贵的客人。

白白的小马儿，
回到山谷去了。
咀嚼着一捆青草。
那人儿啊玉一般美好。
别忘了给我捎个信啊，
别有疏远我的心啊！

黄鸟

【题解】

离乡背井的人在异国遭受剥削和欺凌，更增加对邦族的怀念。

黄鸟！黄鸟^①！　　　　黄鸟！黄鸟！

无集于榖^②！　　　　　无集于桑！

无啄我粟！　　　　　　无啄我梁！

此邦之人，　　　　　　此邦之人，

不我肯榖^③。　　　　　不可与明^⑤。

言旋，言归^④，　　　　言旋，言归，

复我邦族。　　　　　　复我诸兄。

【注释】

① 黄鸟：比剥削者。

② 榖（音谷）：树名，桑科，落叶亚乔木。即楮木，皮可造纸。

③ 榖：善。或训养，也可以通。不我肯榖就是不肯善待我（或不肯养我）的意思。

④ 旋：还。

⑤ 明：晓喻。这句就是不可与言的意思，也就是有理说不清的意思。郑笺读为"盟"，
　不可与盟就是不能和他讲信义，也可以通。

黄鸟！黄鸟！　　　　　不可与处。

无集于栩^⑥！　　　　言旋，言归，

无啄我黍！　　　　　复我诸父^⑦。

此邦之人，

【注释】

⑥ 栩（音许）：即橡树。

⑦ 诸父：指同姓的长辈。

【今译】

黄雀啊黄雀！　　　　　　　没法叫他通情理。
我的楮树你别上！　　　　　回去了，回去了，
我的小米你休想！　　　　　和我哥哥们在一起。
这儿的人啊，
待我没有好心肠。　　　　　黄雀啊黄雀！
回去了，回去了，　　　　　不许落在橡子树！
回我的本族旧家乡。　　　　不许偷吃我的黍！
　　　　　　　　　　　　　这儿的人啊，
黄雀啊黄雀！　　　　　　　谁能和他一块住。
别在我的桑树息！　　　　　回去了，回去了，
别吃我的高粱米！　　　　　回去见我的众伯叔。
这儿的人啊，

斯
干

【题解】

　　这是周王建筑宫室落成时的祝颂歌辞。第一章总述地势，祝家族和乐。第二章言筑室始终，祝嗣续妣祖。第三章描写宫室的坚固和严密。第四章描写屋宇的美盛。第五章描写堂室的宽明。第六章祝主人安寝并得吉梦。第七章假设占梦之辞。第八章祝生贵男。第九章祝生贤女。

秩秩斯干①。　　　　　　无相犹矣④。

幽幽南山②。

如竹苞矣③，　　　　　　似（嗣）续妣祖⑤，

如松茂矣，　　　　　　筑室百堵⑥。

兄及弟矣，　　　　　　西南其户⑦。

式相好矣，　　　　　　爰居爰处，

【注释】

① 秩秩：水流貌。干：涧，古通用。
② 幽幽：深远貌。南山：即终南山，在镐京之南。
③ 苞：植物丛生稠密的样子。竹苞、松茂都是比喻兄弟相好。
④ 犹：欺诈。
⑤ 似：与"嗣"同，继续。妣：亡母之称。这里的妣祖等于说先妣、先祖，指远祖。
⑥ 方丈为堵。筑室百堵，是说房屋四面的墙共合一百方丈。
⑦ 古人堂寝的制度，有正户有侧户，正户南向，侧户东西向。

爰笑爰语。　　　　　　　如矢斯棘⑬,

约之阁阁⑧,　　　　　　　如鸟斯革⑭,

椓之橐橐⑨。　　　　　　　如翚斯飞⑮。

风雨攸除⑩,　　　　　　　君子攸跻⑯。

鸟鼠攸去,

君子攸芋(宇)⑪。　　　　　殖殖其庭⑰,

　　　　　　　　　　　　　有觉其楹⑱。

如跂斯翼⑫,　　　　　　　哙哙其正⑲,

【注释】

⑧　约:束缚。阁阁:捆缚停妥貌。

⑨　椓(音卓):击。橐橐:敲击的声音。

⑩　攸是语助词。这句是说风雨之害得以除去,下句说鸟鼠不能穿破,都是写房屋的坚牢严密。

⑪　芋:读为"宇",居住。

⑫　翼:端正貌。这句是说房屋的端正像人跂立。

⑬　棘,《玉篇》引《韩诗》作"朸",棱。这句是说屋四角有棱,像箭头。

⑭　革(古读如亟):"翮"字的省借,指鸟翅。这句是说栋宇的宏壮像鸟类举翅。

⑮　翚(音辉):雉名。这句是说檐阿有华彩,形势轩张,像雉鸟起飞。

⑯　跻:升。

⑰　殖殖:平正貌。

⑱　觉:高大。楹:柱。

⑲　哙哙:犹"快快",形容堂殿的轩豁宽明。正:向明之处。

哕哕其冥^⑳。   大人占之^㉗：

君子攸宁^㉑。   维熊维罴，

                                  男子之祥；

下莞上簟^㉒，   维虺维蛇，

乃安斯寝。   女子之祥。

乃寝乃兴^㉓，

乃占我梦^㉔。   乃生男子，

吉梦维何？   载寝之床，

维熊维罴^㉕，   载衣之裳，

维虺维蛇^㉖。   载弄之璋^㉘。

【注释】

⑳ 哕哕（音晦）：犹"煇煇"，明亮。冥：幽暗处。这句是说本当是幽暗的地方也是明亮的，可见其轩豁。

㉑ 宁：安。这句就是下文"乃安斯寝"的意思。

㉒ 莞（音官）：植物名，生在水中，又名水葱，形似小蒲，可以织席。这里莞即指莞席。簟：苇或竹丝织成的席。

㉓ 兴：起。

㉔ 占梦：言推断梦的吉凶。

㉕ 罴（音陂）：兽名，似熊而高大。

㉖ 虺（音卉）：四脚蛇蜥蝎类。以上三句言主人梦中见熊罴与虺蛇。

㉗ 大人：或许即指太卜，《周礼》有太卜之官，掌占梦。以下四句就是大人对梦的解释。

㉘ 璋：玉器，形似半圭。弄是说放在手边作玩弄状。

其泣喤喤 ㉙。

朱芾斯皇 ㉚，

室家君王 ㉛。

乃生女子，

载寝之地，

载衣之裼 ㉜，

载弄之瓦 ㉝。

无非无仪 ㉞，

唯酒食是议，

无父母诒罹 ㉟。

【注释】

㉙ 喤喤：小儿哭声。

㉚ 芾（音弗），亦作"茀"，古时祭服，以熟治的兽皮制成，着在腹前，遮蔽膝部，形似今时的围裙。天子所用的芾是纯朱色，诸侯用黄朱色。皇：犹"煌煌"。

㉛ 君王：君指诸侯，王指天子。这两句是说孩子将来都要服朱芾，都是周室周家的君或王。

㉜ 裼（音替）：又名褓衣，就是婴儿的被。

㉝ 瓦：指古人纺线时所用的陶锤。

㉞ 无非就是无违。无仪就是无邪。仪读为"俄"。俄，邪。

㉟ 诒：通"贻"，给予。罹：忧。这句是说不累父母担忧。

诗经选

【今译】

涧水秩秩流动。　　　　　　像人立那么端正，
南山多么幽深。　　　　　　像箭头那样有棱，
好像绿竹成丛，　　　　　　宏壮像大鸟举翅，
好像青松茂盛，　　　　　　彩檐像雉鸡飞升。
阿兄阿弟，　　　　　　　　君子举足登临。
相爱相亲，
没有假意虚情。　　　　　　前庭平平正正，
　　　　　　　　　　　　　楹柱高大齐整。
继承先妣先祖，　　　　　　亮处十分轩敞，
筑成房屋百堵。　　　　　　深处也是宽明。
向西向南开户。　　　　　　君子得到安宁。
全家来此居住，
说说笑笑相处。　　　　　　下有莞席上有竹簟，
　　　　　　　　　　　　　舒舒服服就寝。
绑扎停停当当，　　　　　　君子睡罢起身，
敲打叮叮当当。　　　　　　叫卜人推详梦境。
风雨都能挡住，　　　　　　是什么吉祥梦境？
雀鼠不能穿破，　　　　　　梦见小熊大熊，
君子安居之所。　　　　　　梦见虺蜴长虫。

卜人详了梦：
梦见小熊大熊，
预兆生个男娃；
梦见虺蜴长虫，
预兆生个女娃。

生下了男娃，
让他睡在床上，
为他穿上衣裳，
再给他一块玉璋。
他哭得声音响亮。

朱红祭服辉煌，
周邦未来的君王。

生下了女娃，
放在地上安睡，
为她裹上襁被，
给她纺线的瓦锤。
她长大温顺无邪，
能把酒食来料理，
让父母安心满意。

诗经选

无羊

【题解】

　　这是歌咏牛羊蕃盛的诗。前三章，尤其是第二章，描写牧场上的人畜动态，是本诗最生动的部分。

谁谓尔无羊，　　　　　　其耳湿湿④。

三百维群①。

谁谓尔无牛，　　　　　　或降于阿⑤，

九十其犉②。　　　　　　或饮于池，

尔羊来思，　　　　　　　或寝或讹⑥。

其角濈濈③。　　　　　　尔牧来思，

尔牛来思，　　　　　　　何（荷）蓑何（荷）笠⑦，

【注释】

① 维：犹"为"。这句是说以三百羊为一群。

② 犉（音纯）：七尺的牛。以上言牛羊之多。

③ 濈濈（音及），一作"戢戢"，聚集。

④ 湿湿：耳动貌。

⑤ 阿：丘陵。

⑥ 池：古读如"沱"。讹，《玉篇》引作"吪"，动。以上三句写牛羊的动态，承上章"羊来""牛来"。

⑦ 何：同"荷"。肩上担东西叫作荷。

或负其糇。　　　　　　　　　　尔羊来思，

三十维物⑧，　　　　　　　　　　矜矜兢兢⑫，

尔牲则具⑨。　　　　　　　　　　不骞不崩⑬。

　　　　　　　　　　　　　　　　麾之以肱⑭，

尔牧来思，　　　　　　　　　　　毕来既升⑮。

以薪以蒸⑩，

以雌以雄⑪。　　　　　　　　　　牧人乃梦⑯：

【注释】

⑧ 物：毛色。三十维物是说毛色有多种。

⑨ 具（古音够）：备。这句是说供祭祀用的牲都具备了。古人有些祭祀用牲的毛色
不同，如阳祀用骍（赤色），阴祀用黝（黑色）之类，见《周礼·地官·牧人》。

⑩ 蒸：细小的柴薪。

⑪ 雌雄：指捕得的鸟兽，如雉兔之类。以上三句写牧者除放牧牛羊外，兼做打柴草、
猎野味的事。

⑫ 矜矜兢兢：谨慎坚持，唯恐失群的样子。

⑬ 骞：亏损。崩：溃散。以上三句是说群羊驯谨相随，不会散失。

⑭ 麾：指挥。肱：臂。这句是说牧者不用鞭棰，只以手臂指挥，是承接上文写羊的
驯顺。

⑮ 毕、既都训尽。升：进。这句是说牛羊全都赶入圈牢。

⑯ 牧人：官名，掌畜牧。上文的"牧"指一般放牧牛羊的人，与此不同。

众维鱼矣^⑰，　　　　　　实维丰年；
旐维旟矣^⑱。　　　　　　旐维旟矣，
大人占之：　　　　　　　室家溱溱^⑲。
众维鱼矣，

【注释】
⑰ 众维鱼矣：犹"维众鱼矣"。一说，众是"螽"字之省。螽就是螽，蝗类。螽维鱼矣
就是螽化为鱼。
⑱ 旐（音兆）、旟（音余）都是用来聚众的旗子。旐画龟蛇，旟画鸟隼。以上二句言
牧人梦见鱼、旗等物。
⑲ 溱溱，《潜夫论》引作"蓁蓁"，众多貌。室家溱溱言丁口旺盛。以上四句记大人
对此梦的解释。

【今译】

谁说你家羊儿少，　　　　　你的牧人都来了，
一群就是三百条。　　　　　他们一路打柴草，
谁说你家没有牛，　　　　　又捉雌鸟和雄鸟。
七尺黄牛九十头。　　　　　你的羊儿都来了，
你的羊儿都来了，　　　　　谨谨慎慎相依靠，
羊儿觭角挨觭角。　　　　　不奔不散不亏少。
你的牛儿都来了，　　　　　摆动胳膊来指挥，
牛儿都把耳朵摇。　　　　　一股脑儿进圈牢。

有些牛羊正下坡，　　　　　牧官做梦真希奇，
有些池边来饮水，　　　　　梦见蝗虫变成鱼，
也有动弹也有睡。　　　　　龟蛇旗儿变鸟旗。
你的牧人都来了，　　　　　占梦先生来推详：
背着蓑衣和斗笠，　　　　　梦见蝗虫变成鱼，
有把干粮袋子背；　　　　　来年丰收谷满仓；
牛羊毛色三十种，　　　　　龟蛇旗儿变鸟旗，
各色祭牲都齐备。　　　　　添人进门喜洋洋。

322　　　　　　　　　　　　　　　　　　　　　　　诗经选

节南山

【题解】

　　这是控诉执政者的诗。第一、二章叙尹氏的暴虐不平。第三章责尹氏。第四章责周王。第五章望朝廷进用君子。第六章怨周王委政小人。第七章自伤无地可以逃避。第八章言尹氏的态度变化莫测。第九章怨周王不悟。第十章说明作诗目的。

节彼南山①，　　　　　忧心如惔（炎）⑤，

维石岩岩②。　　　　　不敢戏谈⑥。

赫赫师尹③，　　　　　国既卒斩⑦，

民具（俱）尔瞻④。　　何用不监⑧？

【注释】

① 节：高峻貌。

② 岩岩：山石堆积之貌。

③ 赫赫：势位显盛貌。师：官名，太师的简称。太师是三公之最尊的。师尹言太师尹氏。尹氏是周之名族。

④ 具：俱。瞻：视。

⑤ 惔："炎"的借字，《释文》引《韩诗》作"炎"。如惔等于说如焚。

⑥ 戏谈：言随便戏谑谈论。这句是说人民畏惧尹氏的威虐。

⑦ 国指周。卒：终。斩：绝。这句是说国祚已到终绝的时候，极言其危殆。

⑧ 用：犹以。监：察。

节彼南山，　　　　　　尹氏大师，
有实其猗⑨。　　　　　　维周之氐⑮。

赫赫师尹，　　　　　　秉国之均⑯，
不平谓何⑩！　　　　　　四方是维⑰。

天方荐瘥⑪，　　　　　　天子是毗⑱，
丧乱弘多⑫！　　　　　　俾民不迷。

民言无嘉⑬，　　　　　　不吊昊天⑲，
憯莫惩嗟⑭。　　　　　　不宜空我师⑳！

【注释】

⑨ 实：满。言草木充实。猗：长。言草木长茂。

⑩ 谓何：犹云何。这句是说尹氏为政不平，没有可说的。

⑪ 荐：重，再。瘥（音嵯）：病，包括疾疫饥馑等灾患。荐瘥是说屡次降瘥。

⑫ 这句是说死丧祸乱既大且多。

⑬ 这句是说人民没有什么好听的话可说（所说的无非怨愤忧戚之言）。

⑭ 憯（音惨）：犹曾或尚。惩：戒。嗟：语尾助词。以上四句言天意民心是这样了，尹氏还不自惩戒。

⑮ 氐同"柢"，树根。以上二句言尹氏地位重要，为国家的根本。

⑯ 这句是说尹氏执国家的大权。均同"钧"，本是制陶器的模子下面的车盘。制陶器必须运转陶钧，治国必须运用政权，所以借比。

⑰ 维：护持。

⑱ 毗，一作"埤"，辅佐。

⑲ 不吊：不善。

⑳ 空：穷。师：众。我师犹言我们大众。以上二句是愤怨呼天，要求那不体恤下民的上帝，不要再容许害人的执政者把人民大众抛向穷途绝境。

弗躬弗亲，　　　　　　　昊天不佣㉗，

庶民弗信㉑。　　　　　　降此鞠讻㉘。

弗问弗仕，　　　　　　　昊天不惠，

勿罔君子㉒；　　　　　　降此大戾㉙。

式夷式已㉓，　　　　　　君子如届㉚，

无小人殆㉔；　　　　　　俾民心阕㉛。

琐琐姻亚㉕，　　　　　　君子如夷，

则无膴仕㉖。　　　　　　恶怒是违㉜。

【注释】

㉑ 这句是说王不信民众。正因为王自己不问政事，所以不了解民情。本章八句都是对周王而言。

㉒ 勿：是语助词。罔：欺。君子指贤臣，和下文"小人"相对。以上二句是说对君子不咨询不任用是欺罔君子。

㉓ 式：是语助词。夷：平。已：止。言使上文所述的不合理现象得到夷平与制止。

㉔ 无：勿。殆：近。以上二句表示希望周王纠正尹氏，疏远尹氏。

㉕ 琐琐：计谋褊浅之貌。姻亚：婿父为姻，两婿相谓曰亚。尹氏和周室有婚姻关系，琐琐姻亚似指尹氏，或包括尹氏。

㉖ 膴：厚，腴美。以上二句是说姻亚中才智短浅的人不必给以高官厚禄。

㉗ 佣：均。不佣犹云不平。

㉘ 鞠：同"鞫"，穷。讻，凶。鞠凶犹言极祸。

㉙ 戾：恶。大戾犹鞠凶。

㉚ 届（古读如既）：到。

㉛ 阕（古读如癸）：息。以上二句是说贤者如果来从政，人民的怨愤之心就可止息。

㉜ 违：去。以上二句是说君子如没有什么不平，众人的暴怒也可以除去。

不吊昊天，　　　　　　　驾彼四牡，

乱靡有定。　　　　　　　四牡项领^㊲。

式月（拐）斯生^㉝，　我瞻四方，

俾民不宁。　　　　　　　蹙蹙靡所骋^㊳。

忧心如酲^㉞，

谁秉国成^㉟？　　　　方茂尔恶^㊴，

不自为政，　　　　　　　相尔矛矣^㊵。

卒劳百姓^㊱。　　　　既夷既怿^㊶，

　　　　　　　　　　　　如相酬矣^㊷。

【注释】

㉝ 月：是"拐"字的省借。摧折。拐斯生就是说扼杀斯民。

㉞ 酲：病酒。

㉟ 秉：执。国成：国政的成规。《周礼·天官·小宰》列举官府八事作为经邦的根据，叫作八成。

㊱ 卒："瘁"字的假借，就是病。以上三句是说周王不亲问政事，使小人掌权，致百姓受苦。

㊲ 项：大。领：颈。久驾不行马颈将有肿大之病。

㊳ 蹙蹙（音蹴）：局缩不得舒展的意思。靡所骋：无可驰骋之处。以上四句是说四方没有可去的地方。

㊴ 方茂尔恶：当你怨恶正盛的时候。尔指尹氏。

㊵ 相：视。相尔矛是说要用武。

㊶ 夷怿，是说怨解。

㊷ 酬：宾主以酒相酬。以上四句是说小人情态无常。

昊天不平，　　　　　　家父作诵^㊺，
我王不宁。　　　　　　以究王讻^㊻。
不惩其心^㊸，　　　　式讹尔心^㊼，
覆怨其正^㊹。　　　　以畜万邦^㊽。

【注释】

㊸ 不惩其心就是其心不惩。言周王无惩戒之意。

㊹ 覆：反。这句是说周王反而怨恨对他谏正的人。

㊺ 家父，或作"嘉父"，又作"嘉甫"，人名，就是本篇的作者。诵：诗。

㊻ 究：读为"纠"。纠，举发。讻：读为"凶"。王凶指尹氏。以上二句作者自述作诗
　 的用意是揭发王左右的凶人。

㊼ 讹：同"吪"，变化。尔：指周王。

㊽ 畜：养。邦：古音 buēng。

【今译】

高峻的终南山，
上有垒垒的岩石。
烜赫的尹太师，
人民万目所视。
人民心似火煎，
不敢随便笑谈。
国运终要斩断，
天公何不开眼？

高峻的终南山，
草木充实茂盛。
烜赫的尹太师，
为政不平还能说甚！
老天反复降灾，
多少死丧祸害！
人民没一句好话，
自己还不惩戒。

姓尹的太师，

是周家的根柢。
掌握国家大权，
四方仗他维系。
君王要他辅助，
百姓要他带路。
不体恤人的老天，
可不能断人活路！

（王）自己不问国政，
对人民不肯信任。
不咨询也不任用，
对君子不该欺哄；
坏事要纠正也要制止，
不要和小人靠拢；
庸碌的亲戚，
不要再给恩宠。
老天不公不平，
降下特大灾难。
老天不仁不慈，

降下这般忧患。
君子如果执政，
能够消除民愤。
君子没啥不平，
暴怒也能平静。

老天不惜人命，
大乱何时平定。
不要扼杀百姓，
使人不得安宁。
我忧心好像酒醉，
谁执掌国家成规？
（王）不肯亲自执政，
害苦了天下百姓。

驾起了四匹公马，
四匹马肿了颈项。

我放眼四下观望，
却没有投奔的地方。

当你恶意盛旺，
眼光就向着刀枪。
当你怒气消除，
就像对饮着酒浆。

天公不想太平。
我王不能安枕。
他的心偏不清醒，
反怨恨人家纠正。

家父作了这首诗，
来揭王家的凶徒。
只指望王心感化，
好好把四方安抚。

正月

【题解】

　　这是忧国哀民、愤世嫉邪的诗。大约产生于西周已经沦亡，东都尚未巩固的时期。第一章从天时失常说到忧心独深。第二章自伤生逢乱世，谗邪可怕。第三章忧虑后祸不测。第四章寄希望于天命。第五章言谗言不止，是非纷纭。第六章言人民危惧不安。第七章言自己在朝孤立，不见用。第八章举宗周事做鉴戒。第九章用大车输载比喻错误的失败的政治措施。第十章用行车逾险比喻正确的成功的政治措施。第十一章自伤进退维谷。第十二章以当权小人的朋比对照自己的孤立。第十三章举出社会不平观象，说明可哀的不只是个人的不幸遭遇。

> 正月繁霜^①，　　　　念我独兮，
> 我心忧伤。　　　　　　忧心京京^④。
> 民之讹言^②，　　　　哀我小心，
> 亦孔之将^③。　　　　瘋忧以痒^⑤。

【注释】

① 正月：《毛传》"正月，夏之四月"。是孟夏时节。繁霜：多霜冻。这种天时失常的现象古人往往认为是灾祸的预兆，所以诗人为之忧伤。

② 讹：伪。讹言犹今语妖言或谣言。

③ 孔：甚。将：大。以上二句是说谣言流传很盛。

④ 京京：忧不能止。以上二句是说想到忧时的人只有我一个时，我心就更忧了。

⑤ 瘋（音属）：忧。痒：病。

父母生我，　　　　　忧心茕茕⑪，

胡俾我瘉⑥！　　　　念我无禄⑫。

不自我先，　　　　　民之无辜，

不自我后⑦。　　　　并其臣仆⑬。

好言自口，　　　　　哀我人斯，

莠言自口⑧。　　　　于何从禄⑭？

忧心愈愈⑨，　　　　瞻乌爰止，

是以有侮⑩。　　　　于谁之屋⑮？

【注释】

⑥　俾：使。瘉：病。

⑦　言忧患之来不先不后，正让我碰上。

⑧　莠言：丑言。以上二句言好话和丑话都可以从人口中出来，是畏惧谗言的意思。

⑨　愈愈：犹"瘐瘐"，病貌。

⑩　有侮是说被小人所轻侮。小人不以国事为忧，而以忧国的人为迂阔，加以嗤笑，
　　甚至嫉害。

⑪　茕茕：孤独貌。

⑫　无禄：犹言不幸。

⑬　臣仆：犹言囚房奴隶。以上二句是说一旦亡国，无论有罪无罪，都将做人奴隶。

⑭　禄：指维持生活之资。这句是说将无以维生。

⑮　以上二句言乌鸦不知将止息在谁家屋上，比喻国人将不晓得何所依归。这话是
　　承上文"并其臣仆"说的。

瞻彼中林，　　　　　　　谓山盖（盍）卑㉑？

侯薪侯蒸⑯。　　　　　　为冈为陵㉑。

民今方殆，　　　　　　　民之讹言，

视天梦梦⑰。　　　　　　宁莫之惩㉒。

既克有定，　　　　　　　召彼故老，

靡人弗胜⑱。　　　　　　讯之占梦。

有皇上帝⑲，　　　　　　具（俱）曰"予圣"㉓，

伊谁云憎？　　　　　　　谁知乌之雌雄㉔？

【注释】

⑯　侯：犹维。"薪蒸"见《无羊》篇注。以上二句是说林中树木都被砍伐做薪蒸。似用来比喻国人将被摧残，沦为臣仆。

⑰　梦梦：不明。以上二句是说一般人正在危殆之中，因为把天看作昏昧无知。

⑱　靡人弗胜：言无人不为天所胜。以上二句是说天意有定之后，可以消灭人祸。表示作者仍然对天寄予希望。

⑲　有皇：犹皇皇，大。上帝：指天的主宰。这句连下句是说天心憎恶什么人还不知道呢？言外之意：殃民者未必为天所偏爱。

⑳　盖：读为"盍"，犹何。下同。

㉑　冈：山脊。陵：大阜。冈陵都是高处。以上二句是说高山何尝变卑呢？它不是仍然为冈为陵么？比喻讹言无凭。

㉒　宁：犹乃。惩：止。

㉓　言故老和占梦者各自以为圣。

㉔　乌的形状毛色雌雄无别。这句以乌的雌雄难辨比喻故老和占梦者各执一说，是非难分。

谓天盖(盍)高？　　瞻彼阪田^㉚，
不敢不局^㉕。　　有菀其特^㉛。
谓地盖(盍)厚？　　天之扤我^㉜，
不敢不蹐^㉖。　　如不我克^㉝。
维号斯言^㉗，　　彼求我则^㉞，
有伦有脊^㉘。　　如不我得。
哀今之人，　　执我仇(扏)仇(扏)^㉟，
胡为虺蜴^㉙。　　亦不我力^㊱。

【注释】

㉕ 局，或作"跼"，屈曲不伸。不敢不局是说顶上如有所压。

㉖ 厚：大。蹐：小步。不敢不蹐言轻轻下脚，不敢放步。以上四句是说天虽高地虽厚，人在其间刻刻危惧，不得舒展。

㉗ 号：呼。"斯言"指上四句。

㉘ 伦：理。脊，《春秋繁露》引作"迹"。迹，道理。

㉙ 蜴：蜥蜴。虺蜴见人就逃避，用来比人的局蹐。

㉚ 阪田：山坡上的田。

㉛ 菀：茂盛之貌。特：独特。以上二句作者以高田里一棵特出壮苗自比。

㉜ 扤：摇动。我：作者自称。

㉝ 克：制胜。以上二句是说天对我这茂盛独特之苗要加以摧残，惟恐不克。

㉞ 彼：指周王。则：语尾助词。这句连下句是说王征求我的时候好像惟恐不能得到。

㉟ 仇仇：同"扏扏"，缓持。

㊱ 不我力：言不用力持我，和扏扏意相同。以上二句是说征得我之后并不认真用我。

心之忧矣，　　　　　终其永怀㊷，

如或结之。　　　　　又窘阴雨㊸。

今兹之正㊲，　　　　其车既载，

胡然厉矣㊳？　　　　乃弃尔辅㊹。

燎之方扬㊴，　　　　载输尔载㊺，

宁或灭之。　　　　　将伯助予㊻。

赫赫宗周㊵，

褒姒威（灭）之㊶。

【注释】

㊲ 正：政。

㊳ 厉：恶。

㊴ 燎：放火烧草木。扬：盛。

㊵ 宗周：指镐京（今陕西西安西南）。

㊶ 褒姒：人名，西周时褒国的女子，被周幽王纳为妃，幽王因宠爱她而做了许多荒
唐的事，终于亡国。威：古灭字。《左传·昭公元年》引作"灭"。以上四句以方扬
的燎火比显盛的宗周。言燎火虽烈仍然可以灭，宗周虽盛亡国并不难。所以该引
为鉴戒。

㊷ 终：既。永怀：长忧。

㊸ 窘：困。

㊹ 辅：大车载物时用来夹持所载物的板。用来比国家辅佐之臣。

㊺ 载输尔载：上载字是语助词。下载字指所载之物。输，堕。

㊻ 将：请（见《氓》篇注）。伯：对男子的泛称。这句是述输载人的话。以上四句是
说车上货物已装载好之后把夹板扔了，所载的东西必然垮下来，到这时只得呼唤
"请老哥帮忙"了。

无弃尔辅，　　　　　鱼在于沼⑤⁰，

员于尔辐⁴⁷。　　　　亦匪克乐⁵¹。

屡顾尔仆⁴⁸，　　　　潜虽伏矣⁵²，

不输尔载。　　　　　亦孔之炤（昭）⁵³。

终逾绝险，　　　　　忧心惨（懆）惨（懆）⁵⁴，

曾是不意⁴⁹。　　　　念国之为虐。

【注释】

⑷⁷ 员：增益，就是加大。辐有松脱时，用布条等物围裹起来或加木楔，就是加大的意思。辐：古读如"逼"，和下文载（古读如稷）字、意字相韵。

⑷⁸ 顾：言照顾，仆指御车者。

⑷⁹ 不意：不放在心上。这里以御车比喻执政，言度过险关本有方法，但执政者不加考虑。

⑸⁰ 沼：池。

⑸¹ 匪：非。克：能。

⑸² 潜虽伏矣：犹云虽潜伏矣。潜，深藏。

⑸³ 炤，《中庸》引作"昭"，明白。以上四句是说鱼在池中不能快乐，虽潜伏深藏还是昭然可见，难逃网罟。作者以鱼自比。

⑸⁴ 惨：读作"懆"，见《陈风·月出》篇注。

彼有旨酒，　　　呲呲彼有屋[㊐]，
又有嘉殽。　　　薪薪方有谷[㊑]。
洽比其邻[㊝]，　　民今之无禄，
昏姻孔云[㊞]。　　天天是椓[㊟]。
念我独兮，　　　哿矣富人[㊠]，
忧心殷殷。　　　哀此茕独！

【注释】

㊝　洽：和协。比：亲近。

㊞　云：周旋。昏姻孔云言在姻戚之间大事周旋。以上四句是说那当权的小人交结
　　联络，成群树党。和自己的孤立相对照。

㊐　呲呲（音此）：小貌。

㊑　薪薪（音速）：陋貌。以上二句是说那猥琐鄙陋的小人都有屋有谷（拥有财产）。

㊟　天：灾祸。椓（音卓）：打击。

㊠　哿（音可）：喜乐。

初夏不断下霜，
我心填满忧伤。
民间谣言纷起，
传播广远非常。
忧时的只我一个，
更教我悲愁难放。
可叹我小心谋虑，
因此损害了健康。

为何父母生我，
让我遭这场灾祸！
上代灾祸未到，
下代灾祸已过。
好话从人家口出，
丑话也从人口出。
忧伤使我恍惚，
因此更招人欺侮。

我独自忧心难排，

想来我真是命乖。
多少无辜的百姓，
也要沦作奴才。
可怜这些人啊，
哪儿能安身度命？
看那些乌鸦飞来，
息向谁家的屋顶？

看那大树林中，
一切都成薪柴。
人民处境危殆，
恨老天梦眼不开。
等到天心有了定准，
谁也不能和它争胜。
伟大的主宰之神，
你憎恨的是哪一种人？

谁说高山已经不高？
冈陵还不是冈陵。

民间谣言传播，
居然不能查禁。
把故老请来询问，
再请教占卜的人。
他们人人自夸高明，
乌鸦的雌雄谁能辨认？

无论天是怎样高，
人还是不敢直腰。
无论地是怎样大，
人的脚步不敢不小。
该把这名言宣告，
它真是有理有道。
为何现在的人民，
像虺蜴东奔西逃。

瞧那坡上的田里，
有棵特出的壮苗。
天把我使劲摇撼，
惟恐压我不倒。
那人在征求我时，

生怕不能得到。
他只是松松地捏着，
我出力他却不要。

我心里的痛苦，
像绳子打了个扣。
今天的政事，
为何这样糟透？
野火烧得旺时，
有人把它浇熄。
宗周正在盛时，
褒姒把它毁灭。

我既是经常忧虑，
又像是苦遭阴雨。
那车子把货物装满，
却把那夹板丢去。
等货物倾倒坠落，
才叫喊"老兄相助"。

不要丢弃你的夹板，

你的车辐需要加固。
对赶车的要多照顾，
才不会损失货物。
险关本来有法度过，
这些你却不加考虑。

鱼儿身在池沼，
也不能够快乐。
虽然在深处躲藏，
仍然会被人看到。
我心上惶惶不安，
忘不了朝政的残暴。

他有美酒，
又有美肴。
和邻人结交，
对亲戚讨好。
想到我的孤立，
真是忧心如捣。

猥琐的人都有房，
鄙陋的人都有粮。
百姓们空着肚肠，
老天爷降下灾殃。
财主们过得欢乐，
孤苦人只有哀伤！

小弁

【题解】

这是被父放逐，抒写忧愤之作。旧说或以为周幽王放逐太子宜曰，宜曰的师傅作此诗；或以为宣王时尹吉甫惑于后妻，逐前妻之子伯奇，伯奇作此诗。这些传说未可全信，但作为参考，对于辞意的了解是有帮助的。

弁彼鸒斯①，　　　　　心之忧矣，
归飞提提②。　　　　　云如之何！
民莫不穀③，
我独于罹④。　　　　　踧踧周道⑤，
何辜于天？　　　　　鞫为茂草⑥。
我罪伊何？　　　　　我心忧伤，

【注释】

① 弁（音盘）："昇"字的假借，快乐。鸒（音豫）：鸟名，形似乌，大如鸽，腹下白色。往往千百成群，鸣声雅雅。又名雅乌。
② 提提（音匙）：群飞安闲之貌。
③ 穀：善。
④ 罹：忧。
⑤ 踧踧（音笛）：平易。
⑥ 鞫：穷，阻塞。一说鞫读为"尤"，荒。

怒焉如捣⑦。　　　　　　　靡依匪母⑬。

假寐永叹⑧，　　　　　　　不属于毛⑭，

维忧用老⑨。　　　　　　　不罹于里⑮？

心之忧矣，　　　　　　　　天之生我，

疢如疾首⑩。　　　　　　　我辰安在⑯？

维桑与梓⑪，　　　　　　　菀彼柳斯，

必恭敬止。　　　　　　　　鸣蜩嘒嘒⑰。

靡瞻匪父⑫，　　　　　　　有漼者渊⑱，

【注释】

⑦ 怒（音溺）：忧思。捣：舂。

⑧ 假寐：不脱衣而寐。这句是说虽在梦中还是长叹。

⑨ 维：犹以。用：犹而。忧能伤人，使人早衰老。

⑩ 疢（音趁）：热病。如：犹而。以上二句是说心忧时烦热而头痛。

⑪ 梓：木名。可以供建筑和器用。桑梓都是宅旁常栽的树。这句连下文是说见桑梓
　　容易引起对父母的怀念，所以起恭敬之心。

⑫ 瞻：尊仰。匪：非。

⑬ 依：依恋。二句说我所瞻依的只有父母。

⑭ 属：连。

⑮ 罹，唐石经作"离"，附着。以上二句是以衣裳为喻，古人衣裳以毛向外而用布做
　　里子。毛喻父、里喻母。

⑯ 辰：时运。在：古读如"慈"的上声。这句是说遭遇不幸。

⑰ 蜩（音条）：蝉。嘒嘒（音慧）：蝉声。

⑱ 漼（音崔上声）：深貌。

萑苇淠淠⑲。　　　　　譬彼坏（瘣）木㉓，
譬彼舟流⑳，　　　　　疾用无枝㉔。
不知所届。　　　　　　心之忧矣，
心之忧矣，　　　　　　宁莫之知。
不遑假寐。

　　　　　　　　　　　相彼投兔㉕，
鹿斯之奔，　　　　　　尚或先之㉖。
维足伎伎㉑。　　　　　行有死人，
雉之朝雊㉒，　　　　　尚或墐之㉗。
尚求其雌。　　　　　　君子秉心，

【注释】

⑲　淠淠（音庇）：草木众盛貌。以上四句就所见景物起兴，和上文鹝斯、周道同类，不一定有所比。

⑳　舟流：言无人操纵随舟自流。这里的两句和"泛彼柏舟，亦泛其流"同意。

㉑　伎伎：读为"歧歧"，奔貌。伎通趌，趌趌，鹿走也。

㉒　雊（音遘）：雉鸣。

㉓　坏：读为"瘣（音汇）"，树木瘿肿。

㉔　用：犹而。本句枝字和下文"宁莫之知"的"知"字谐音。树木疾而无枝和人的忧而莫知有双关的意思。

㉕　相：视，见《伐木》篇注。投兔：投网之兔。

㉖　先之：言在兔入网以前先驱走它。一说先读为"掀"，言掀网放兔。

㉗　墐：埋。

维其忍之^㉘。

心之忧矣，

涕既陨之。

君子信谗，

如或酬之^㉙。

君子不惠，

不舒究之^㉚。

伐木掎矣^㉛，

析薪杝矣^㉜，

舍彼有罪，

予之佗矣^㉝。

莫高匪山，

莫浚匪泉^㉞。

君子无（毋）易由言^㉟，

耳属于垣^㊱。

无（毋）逝我梁，

无（毋）发我笱，

我躬不阅，

遑恤我后^㊲。

【注释】

㉘ 维：犹何。

㉙ 酬：见《节南山》篇。如或酬之是说好像有人向他进酒似的，那样乐于接受。之指"君子"，"君子"指父。

㉚ 不舒究之：不徐徐加以研究。

㉛ 掎：牵引。伐大木时用绳牵着树头，要树向东倒就得向西牵，让它慢慢倒下。

㉜ 析薪：劈柴。杝（音侈）：就是顺木柴的丝理来劈破。以上二句是比。言"君子"听信谗言，不能徐究，不能依理分析，还不如伐木析薪的人。

㉝ 佗：加。以上二句是说丢开真有罪的人不管而将罪过加在我的身上。

㉞ 浚：深。二句说无高非山，无深非泉。山高泉深喻父子之情。

㉟ 由：于。

㊱ 耳属于垣：是说将有偷听的人贴耳于墙壁，就是今语隔壁有耳的意思。

㊲ 末四句已见《邶风·谷风》。这是引谚语表示本身既不见容，日后的事更顾不得了。

【今译】

快乐的雅乌啊，
从容飞飞还巢。
人人都过得很好，
只有我被忧伤撂倒。
我对天有什么罪过？
我的错到底是什么？
心里忧伤啊，
叫我把它奈何！

平坦的大道，
长满了野草。
心里忧伤啊，
就像棒子春捣。
睡梦里也要长叹，
忧伤使我衰老。
心里忧伤啊，
头痛身如火燎。

想到桑树梓树，

我总是毕恭毕敬。
我尊敬的只是父亲，
依恋的只是母亲。
难道我既连不上皮衣的毛，
又挨不着皮衣的里？
上天让我生下来，
我的好运在哪里？

密密的柳树，
上有蝉鸣嘒嘒。
深深的水潭，
长着茂盛的芦苇。
像在漂荡的船上，
不知漂向哪里。
心里忧伤啊，
要睡也不容易。
鹿儿奔跑起来，
四足轻快如飞。
雄鸡早晨鸣叫，

呼唤母鸡相随。
好比臃肿的病树，
病得不长枝条。
我心忧伤啊，
难道就不知觉。

瞧那投网的兔子，
或许还有人放它。
路上有了死人，
或许还有人葬他。
君子啊你的居心，
为什么这样残酷。
我的心多么悲伤，
泪流如何能住。

君子听信谗言，

好像喝人家的敬酒。
君子没有慈心，
不肯慢慢推究。
伐树还使绳索拉住，
砍柴还要看看理路，
真正的罪人轻轻放过，
反而把罪名横加给我。

没有高的不是山峦，
没有深的不是水泉。
君子别轻率出言，
有耳朵贴在墙垣。
别让人上我的鱼梁，
别让人开我的鱼笱，
如今我自己不能被容，
哪顾得了我的身后。

巷
伯

【题解】

　　这篇诗是一个表字孟子的寺人所作。作者遭人谗毁，用这诗发泄他的怨愤，给谗者以诅咒，同时劝执政者警惕。

萋（缕）兮斐兮①，　　　　　　哆兮侈兮⑤，
成是贝锦②。　　　　　　　　　成是南箕⑥。
彼谮人者③，　　　　　　　　　彼谮人者，
亦已大（太）甚④！　　　　　　谁适与谋⑦？

【注释】

① 萋："缕"的假借字。缕、斐都是文彩相错的样子。

② 贝锦：织成贝纹的锦。古人珍视贝壳，所以用为锦上的图案。以上二句是说谗人诬陷别人用许多迷惑人的言语，好像组织好看的文采以成美锦似的。

③ 谮人：谗害别人的人。

④ 太甚：犹言过分。

⑤ 哆（音侈）：张口。侈，大。

⑥ 南箕：星名，即箕宿。箕宿四星，联起来成梯形，也就是簸箕形。距离较远的两星之间就是箕口。上句"哆""侈"言箕口张大。古人认为箕星主口舌，所以用来比谗者。

⑦ 适（音的）：专主。与：助。以上二句意谓谮者害人太甚，或有助谋的人，但不知谁是其中主要的。

缉（聑）缉（聑）翩翩⑧，　　骄人好好⑫，

谋欲谮人。　　　　劳人草草⑬。

慎尔言也，　　　　苍天苍天！

谓尔不信⑨。　　　　视彼骄人⑭，

　　　　　　　　　矜此劳人⑮！

捷捷幡幡⑩，

谋欲谮言。　　　　彼谮人者，

岂不尔受？　　　　谁适与谋？

既其女（汝）迁⑪。　　取彼谮人，

【注释】

⑧ 缉：本字是"聑"，附耳私语。翩翩是"谝谝"的假借，谝是巧佞之言。缉缉是说言语之密，翩翩是说言语之巧。

⑨ 以上二句是警告谮者：你说话谨慎些罢，听者会发现你是不可信的。

⑩ 捷捷：犹"缉缉"。幡幡：犹"翩翩"。

⑪ 既：犹言既而，就是不多时。以上二句就听谮的人说，言听谮者虽接受你的意见，而加害别人，转眼间就将移用于你的身上了。

⑫ 骄人：指谮者。谮者因谮言被君主听从而跋扈，所以为骄人。好好：喜悦。

⑬ 劳人：犹忧人，指被谮者。草草是"慅慅"的假借，忧貌。

⑭ 视：犹察。言察其罪。

⑮ 矜：哀怜。

投畀豺虎⑯。　　　　　　杨园之道⑲，

豺虎不食，　　　　　　　猗于亩丘⑳。

投畀有北⑰。　　　　　　寺人孟子㉑，

有北不受，　　　　　　　作为此诗。

投畀有昊⑱。　　　　　　凡百君子㉒，

　　　　　　　　　　　　敬而听之！

【注释】

⑯　畀：与。

⑰　有北：北方极寒无人之境。

⑱　有昊：昊天。犹言"彼苍"。以上六句言必须置那潜人于死地，使昊天制其罪。

⑲　杨园：种植杨木的园。一说是园名。

⑳　猗（音倚）：加。亩丘：有垄界像田亩的丘。一说是丘名。以上二句言亩丘之上
　　有杨园之道。诗人徘徊在这条道上，吟成这篇诗。

㉑　寺人：阉官，是天子侍御之臣。篇题《巷伯》也就是寺人的意思。孟子是这寺人
　　的表字，就是这诗的作者。诗人将自己的名字放在篇末，和《节南山》相同。

㉒　凡百君子：指执政者。

【今译】

彩丝亮啊花线明啊，
织成贝纹锦。
那个造谣的害人精，
实在太狠心！

张开嘴啊，
咧开唇啊，
成了簸箕星。
那个造谣的害人精，
谁是他的智多星？

喊喊喳喳鬼话灵，
一心要挖陷人阱。
劝你说话加小心，
有一天没人再相信。

花言巧语舌头长，
千方百计来编诳。
并不是没有人上当，
只怕你自己要遭殃。

骄横人得意忘了形，
劳苦人忧愁长在心。
苍天你把眼儿睁！
看看那些骄横人，
可怜这些劳苦人！

那个造谣的坏东西，
是谁给他出主意？
捉住那个造谣的，
扔给虎狼去充饥。
虎狼不肯咽，
把他撵到北极圈。
北极不肯要，
送给老天去发落。

一条大路通杨园，
路在亩丘丘上边。
我是阉人叫孟子，
这支歌儿是我编。
诸位君子赏个脸，
认真听我唱一遍。

大
东

【题解】

　　这是东方诸侯之国的人困于赋役，怨刺周室的诗。相传作者是谭国人。谭国在今山东历城东南。从第一章到第五章上半篇都是以周人的生活和东人对比，写东人的困苦和怨愤。从第五章后半以下历举天上星宿有空名无实用，见出不合理的事无处不存在。

有饛簋飧①，　　　　　君子所履，
有捄（捄）棘匕②。　　小人所视④。
周道如砥③，　　　　　睠言顾之⑤，
其直如矢。　　　　　　潸焉出涕⑥。

【注释】

① 饛（音蒙）：食物满器之貌。簋：见《伐木》篇。飧犹食。

② 捄（音求），通作"捄"，角上曲而长之貌，形容匕柄的形状。匕是饭匙或羹匙。以上二句是说周人饮食丰足。

③ 周道：见《匪风》篇。砥（音纸）是磨刀石，磨物使平也叫砥。如砥，言其平。

④ 君子、小人指贵族与平民。来往于周道的多是有公务的"君子"，他们的行动被小人所注视。

⑤ 睠（音眷）：回顾之貌。

⑥ 潸（音山）：涕下貌。东方的贡赋就是由这平直大道输送给周人，所以望之生悲。

小东大东⑦，　　　有冽氿泉⑬，

杼柚其空⑧。　　　无（毋）浸获薪⑭。

纠纠葛屦，　　　　契契寤叹⑮，

可以履霜⑨。　　　哀我惮（瘅）人⑯。

佻佻公子⑩，　　　薪是获薪⑰，

行彼周行⑪。　　　尚可载也。

既往既来，　　　　哀我惮（瘅）人，

使我心疚⑫。　　　亦可息也。

【注释】

⑦ 小东大东：东指东方之国，远为大，近为小。

⑧ 杼（音仁）、柚（音逐）是织机上的两个部分。杼持纬线，柚受经线。杼柚其空是说所有丝布被周室搜括将尽。

⑨ 以上二句见《葛屦》篇。

⑩ 佻佻（音挑），《释文》引《韩诗》作"嬥嬥"，美好。

⑪ 周行：即周道。

⑫ 疚：病痛。那去了又来的佻佻公子就是来收括贡赋的人，所以使诗人心疚。

⑬ 冽：寒。氿（音轨）：从旁出，流道狭长的泉叫作氿泉。

⑭ 获薪：已割的柴草。以上二句言获薪不能让水浸湿，浸了就要腐烂，比喻困苦的东人不堪再受摧残。

⑮ 契契：忧苦。

⑯ 惮，亦作"瘅"。惮人，疲劳之人。

⑰ 薪是获薪：上薪字是动词，言用来供炊。连下文就是说若要把获薪当薪来使用，还可以用车子载往别处，以免继续被水浸。对疲劳的东人也该让他息一息，否则就不堪役使了。

东人之子，　　　　　私人之子㉒，
职劳不来⑱。　　　　百僚是试㉓。
西人之子⑲，
粲粲衣服。　　　　　或以其酒㉔，
舟人之子⑳，　　　　不以其浆㉕，
熊罴是裘㉑。　　　　鞙鞙佩璲㉖，

【注释】

⑱ 职：专任。来：读为"勑"，慰勉。以上二句是说东方诸国的人专担任劳苦的事而
　　得不着劳勑。

⑲ 西人：指周人。

⑳ 舟人：犹"舟子"。

㉑ 裘：古读如"期"。这句是说以熊罴的皮为衣，即所谓粲粲衣服。（《庄子》以"丰
　　狐""文罴"并提，熊罴之裘似与狐裘同样珍贵。）

㉒ 私人：私家仆隶之类。（舟人、私人，当时或许有所指。）

㉓ 僚，又作"寮"，官。试：用。以上四句是说西人之中某些社会地位低下的人也有
　　丰富的物质享受或有一定的权力。相形之下更见得东人之苦。

㉔ 以：用。"或"字贯四句。

㉕ 浆：薄酒。以上二句是说有人用酒，有人连浆也不能用。这是将西人和东人相比，
　　下二句仿此。

㉖ 鞙鞙（音捐），《尔雅》作"琄琄"，玉圆貌。璲："瑞"字的假借，宝玉。

不以其长㉗。
维天有汉㉘，
监（鉴）亦有光㉙。
跂彼织女㉚，
终日七襄㉛。

虽则七襄，
不成报章㉜。
睆彼牵牛㉝，
不以服箱㉞。
东有启明，
西有长庚㉟。
有捄（觩）天毕㊱，
载施之行㊲。

【注释】

㉗ 长：是说杂佩的长。杂佩虽长而珩、璜、琚、瑀都是小玉，不足宝贵。西人崇尚奢侈，所以不用普通的长佩只用琄琄的宝玉。而东人连普通的长佩都不得佩。

㉘ 汉：云汉，就是天河。

㉙ 监：鉴。镜子叫作鉴，以镜照形也叫作鉴。古人以水为鉴。以上二句是说天河鉴人只有光，不见影。

㉚ 跂：歧。织女三星，下二星像两足分歧。

㉛ 襄：驾。七驾言移动位置七次。一日七辰，每辰移动一次，因而称为七襄。（一昼夜分为十二辰，通常以自卯时到酉时为昼，共七辰。）

㉜ 报：复，就是往来的意思。织时要将纬线一来一去，然后成文。织女空有织名，不能反复，所以无成。

㉝ 睆（音晚）：明貌。牵牛：星名，俗称扁担星。

㉞ 服：驾。箱指车箱（车内容物之处）。以上二句是说这星名为牵牛而不能用来驾车。《文选·思玄赋》李善注引作“不可以服箱”。

㉟ 启明、长庚同是金星的异名，朝在东方，叫作启明；晚在西方，叫作长庚。

㊱ 毕：星名。共八星，形状像田猎所用的毕网（有柄的网）。捄：形容毕星的柄。

㊲ 施：犹张。行：路。毕是手持掩兔的小网，拿来张在路上，当然更不会有实用。

维南有箕，　　　　　　　　　　维南有箕，
不可以簸扬㊳。　　　　　　　　载翕（歙）其舌㊶。
维北有斗㊴，　　　　　　　　　维北有斗，
不可以挹酒浆㊵。　　　　　　　西柄之揭㊷。

【注释】

㊳　箕：星名，见《巷伯》篇"南箕"条注。簸：扬米去糠。以上二句是说箕星徒然叫
　　作箕，不能拿来簸糠。

㊴　斗：指南斗星。南斗六星聚成斗形。当它和箕星同在南方的时候，箕在南，斗
　　在北。

㊵　挹：用勺酌水。斗本是挹取液体的器具，既不能挹酒浆，也只是空有斗之名。

㊶　翕（音吸）：读为"歙"，缩。箕星的形状口大而底短缩，这样的箕本不能簸扬。

㊷　揭：高举。南斗的柄常指西而高举。用斗挹酒必须将柄持平，柄高则斗倾侧而酒
　　外泄。诗人指出斗柄的方向或许又暗示授柄西人，向东方挹取的意思。

　　　　　　　　　　　　　　　　　　　　　　　　诗经选

饭盒儿装得满满，
饭匙儿长柄弯弯。
大路好像磨平，
直得好像箭杆。
贵人们来来往往，
小百姓瞪着两眼。
回转头看了再看，
忍不住双泪涟涟。

远近的东方之邦，
织机上搜刮精光。
葛布鞋丝带缠绑，
穿起来不怕寒霜。
漂亮的公子哥儿，
大路上来来往往。
来了去去了又来，
真教我看着心伤。

旁流的泉水清冷，

别浸着割下的柴薪。
为什么苦苦长叹，
可怜我疲劳的人。
谁要用这些薪柴，
还得拿车儿装载。
可怜我疲劳的人，
休息难道不该。

东方的子弟，
劳苦没人慰问。
西方的子弟，
衣服鲜亮照人。
船户的子弟，
身上熊皮轻暖。
家奴的子弟，
都来当吏当官。
有人不少酒喝，
有人喝浆不得，
有人佩着宝玉，

有人杂佩也没。
天上有条银河，
照人有光无影。
织女分开两脚，
一天七次行进。

虽说七次行进，
织布不能成纹。
牵牛星儿闪亮，
拉车可是不成。
启明星在东方，
长庚星在西方。

天毕星柄儿弯长，
倒把它张在路上。

南边有座箕星，
不能拿来簸糠。
北边有座斗星，
不能拿来舀酒浆。
南边的箕星，
舌头不能伸长。
北边的斗星，
柄儿举向西方。

诗经选

北山

【题解】

这篇和《北门》篇相类，是小官道苦道怨的诗。苦的是"王事鞅掌"，怨的是劳逸不均。第一章言久役贻父母之忧。第二章言役使不均。第三章言奔走四方。第四、五、六章历举不均的现象，将朝廷上别人的悠闲和自己的劳苦对比。

陟彼北山，　　　　　　溥（普）天之下④，

言采其杞。　　　　　　莫非王土。

偕偕士子①，　　　　　率土之滨⑤，

朝夕从事②。　　　　　莫非王臣。

王事靡盬，　　　　　　大夫不均⑥，

忧我父母③。　　　　　我从事独贤⑦。

【注释】

① 偕偕：强壮貌。士子：作者自称。

② 从事：言办理王事。

③ 忧我父母：使父母担忧。

④ 溥：犹"普"。《左传》《孟子》《荀子》《韩非子》等书引作"普"。

⑤ 率：自。滨：水边。古人相信中国四周都有海，率土之滨是举外以包内，犹言四海之内。

⑥ 大夫：指执政大臣。不均：不公平。

⑦ 贤：古音 xín。独贤，犹言独多、独劳。

四牡彭彭⑧。　　或尽瘁事国⑬。
王事傍傍⑨。　　或息偃在床⑭。
嘉我未老，　　或不已于行⑮。
鲜我方将⑩，
旅力方刚⑪，　　或不知叫号⑯。
经营四方。　　或惨惨（懆懆）劬劳⑰。
　　　　　　　或栖迟偃仰⑱。
或燕燕居息⑫。　或王事鞅掌⑲。

【注释】

⑧ 彭彭：不得休息之貌。
⑨ 傍傍：纷至沓来，无穷尽之貌。
⑩ 鲜：犹嘉，善。将：壮。
⑪ 旅力：即膂力。
⑫ 燕燕：安息貌。居息：言在私居休息。
⑬ 瘁：劳。尽瘁，等于说不留余力。
⑭ 偃：卧。
⑮ 不已于行：言奔走不停。
⑯ 叫号：呼叫号哭。"不知叫号"言不识人间有痛苦事。
⑰ 惨，一作"懆"。懆懆，不安。
⑱ 栖迟：见《衡门》篇。偃仰：犹"息偃"。
⑲ 鞅掌：叠韵联绵词，忙乱烦扰的意思。

或湛乐饮酒^⑳。　　　或出入风议^㉑。

或惨惨（懆懆）畏咎。　　　或靡事不为^㉒。

【注释】

⑳ 湛（音耽）：乐。

㉑ 风：犹放。议：古读如"俄"。风议就是放言。

㉒ 为：古读如"讹"。

【今译】

登上北山头，
为把枸杞采。
强干的士子，
早晚都当差。
王家的事儿无穷无尽，
带累我父母难解忧怀。

普天之下，
哪一处不是王土。
四海之内，
谁不是王的臣仆。
执政大夫不公不平，
偏教我独个儿劳碌。

四匹马奔忙路上。
王家事纷纷难当。
夸奖我说我还不老，
重视我为我正强壮。

就因我筋力未衰，
驱使我奔走四方。

有些人在家里安安逸逸。
有些人为国事筋疲力竭。
有些人吃饱饭高枕无忧。
有些人在道路往来奔走。

有些人不晓得人间烦恼。
有些人身和心不断操劳。
有些人随心意优游闲散。
有些人为王事心忙意乱。

有些人贪杯盏终日昏昏。
有些人怕得罪小心谨慎。
有些人耍嘴皮只会扯淡。
有些人为公家什么都干。

大田

【题解】

这是西周农事诗之一。第一章写农夫耕作播种，嘉谷生长。第二章写清除虫害，谷粒坚好。第三章写雨水调和，收获丰盛。第四章写周王犒劳农夫，祭神求福。

大田多稼①。　　　　　　　俶载南亩⑤。

既种既戒②，　　　　　　　播厥百谷，

既备乃事③。　　　　　　　既庭（挺）且硕⑥。

以我覃耜④，　　　　　　　曾孙是若⑦。

【注释】

① 大田：面积广大的田。

② 种：选种子。戒（古音记）：修农具。

③ 既备言上述的事已准备停当。乃事言从事下文所述的工作。这句句法和《公刘》
篇的"既顺乃宣"相同。

④ 覃："剡"字的假借，锐利。

⑤ 俶：始。载：从事。亩：古音"米"。这句是说开始工作于南亩。

⑥ 庭：读为"挺"，生出。这句是说百谷生出而硕大。

⑦ 曾：犹重。孙之子为曾孙，以下每代都可以称曾孙。这里指周王。若：顺。这句
是说一切顺了王的意愿。

既方（房）既阜^⑧，　　　　　秉畀炎火^⑭。

既坚既好，

不稂不莠^⑨。　　　　　　有渰萋萋（凄凄）^⑮，

去其螟螣^⑩，　　　　　　　兴雨祁祁^⑯。

及其蟊贼^⑪，　　　　　　　雨我公田^⑰，

无（毋）害我田稚^⑫。　　　　遂及我私^⑱。

田祖有神^⑬，　　　　　　　彼有不获稚^⑲，

【注释】

⑧ 方：房。既房是说已生长粟皮，既阜（音早）是说已生长谷壳。下句"坚""好"
　也是指谷粒而言。

⑨ 稂（音郎）：禾粟之生穗而不充实的，又叫作童粱。莠（音酉）：草名，叶穗像禾。

⑩ 螟（音冥）：吃苗心的小青虫，长约半寸。螣（音特），《说文》作"蟘"，也是虫名，
　长一寸许，食苗叶，吐丝。

⑪ 蟊（音矛）：吃苗根的虫。贼：也是虫名，专食苗节，善钻禾秆。

⑫ 稚：幼禾。

⑬ 田祖：稷神。神：犹灵。

⑭ 畀：付。以上二句是希望于稷神之词，言田祖是有灵的，将这些害虫投到火里
　去吧。

⑮ 渰（音掩）：云起貌。萋萋："凄凄"的假借，《韩诗外传》作"凄凄"。注见《风雨》篇。

⑯ 祁祁：徐徐。

⑰ 公田：属于公家的田。

⑱ 私：属于私人的田。

⑲ 不获稚：因未成熟而不割的禾。

此有不敛穧^⑳；　　　　　饁彼南亩，

彼有遗秉^㉑，　　　　　田畯至喜。

此有滞穗^㉒。　　　　　来方禋祀^㉔，

伊寡妇之利^㉓。　　　　　以其骍黑^㉕，

　　　　　　　　　　　　与其黍稷。

曾孙来止，　　　　　以享以祀，

以其妇子。　　　　　以介景福^㉖。

【注释】

㉠ 穧（音剂）：收割。不敛穧，已割而未及收的禾。

㉑ 遗秉：遗漏了的成把的禾。

㉒ 滞穗：抛撒在田里的穗子。

㉓ 伊：犹是。以上五句是说这里那里都有遗下的穗粒，准许穷苦的寡妇拾取。

㉔ 方：祭四方之神。禋（音因）：精洁致祭。

㉕ 骍（音辛）：赤色牲。黑：古音 hī。

㉖ 介：读为"丐"，求。景：大。福：古读如"逼"。

【今译】

大田里多种多收。
种子选了农具修，
各事齐备来动手。
用我锋利的犁头，
开始整南田的土壤。
播种庄稼多样，
生长得棵棵苗壮，
顺了周王的希望。

谷粒长了皮壳，
长得坚实完好，
没有稂草莠草。
除去青虫、丝虫，
蝗虫和它的同伙，
别祸害我的幼禾。
田祖有灵，
把它们投进大火。

阴云洋洋飘来，

好雨缓缓下了。
好雨落在公田，
私田同时沾到。
那里有未成熟的禾，
这里有收不及的谷；
那里有遗落的禾把，
这里有谷穗抛撒。
舍给孤苦寡妇家。

王来看收成，
带着妻和子。
送饭送到田里，
田官来了也欢喜。
王来祭祀四方，
牺牲有赤有黑，
还有稷子黄米。
奉请诸神受祭，
得福不可估计。

诗经选

采绿

【题解】

诗中的女主人公因为丈夫出门，过期不归，心里愁闷难遣。她下了决心，等丈夫回来以后，无论打猎钓鱼，都跟他在一块儿，再也不离开了。

终朝采绿，　　　　　　终朝采蓝③，

不盈一匊（掬）①。　　　不盈一襜④。

予发曲局，　　　　　　五日为期，

薄言归沐②。　　　　　　六日不詹⑤。

【注释】

① 绿，一作"菉"，草名。又名王刍。匊：即掬。两手承取为掬。

② 曲局：卷曲。薄言：二字皆语助词，无义。已见前。

③ 终朝：见《卫风·河广》注④。蓝：草名，叶可为染料。

④ 襜（音担）：指衣服遮着前面的部分，蔽膝或前裳。

⑤ 詹：到。这两句说出行过约期不归。

之子于狩，　　　　　　其钓维何？

言韔其弓⑥。　　　　　维鲂及鲂⑧。

之子于钓，　　　　　　维鲂及鲂，

言纶之绳⑦。　　　　　薄言观者（诸）⑨。

【注释】

⑥ 韔（音畅）：藏弓的套子，这里用作动词，即收弓入套。

⑦ 纶：麻绳。

⑧ 鲂：鳊鱼。鲂（音叙）：鲢鱼。

⑨ 者："诸"的古文，诸是之、乎两字的合音。

诗经选

整个早上采王刍，
王刍不满两只手。
我的头发卷又曲，
我要回家洗洗头。

整个早上去采蓝，
兜起前裳盛不满。
他说五天就见面，
过了六天不回还。

往后那人去打猎，
我要跟他收弓箭。
往后那人去钓鱼，
我要跟他理丝线。

钓鱼钓着什么鱼？
白肚子鲢鱼缩颈子鳊。
白肚子鲢鱼缩颈子鳊，
他钓我看总不厌。

隰桑

【题解】

这首诗是一个女子的爱情自白。

隰桑有阿，
其叶有难^①。
既见君子，
其乐如何！

隰桑有阿，
其叶有沃^②。
既见君子，
云何不乐！

隰桑有阿，
其叶有幽^③。
既见君子，
德音孔胶^④。

心乎爱矣，
遐不谓矣^⑤？
中心藏之，
何日忘之？

【注释】

① 阿：美貌。难：通"傩（音挪）"，盛多。阿傩是联绵词，这里分用。

② 沃：柔美。

③ 幽：即黝，色青而近黑。

④ 胶：固。

⑤ 遐不：就是胡不，也就是何不。

【今译】

低田里桑树多美，
桑叶儿多么丰满。
见着了我的人儿，
我的心多么喜欢！

低田里桑树多美，
桑叶儿嫩绿汪汪。
见着了我的人儿，
怎么不心花开放！

低田里桑树多美，
桑叶儿青色深深。
见着了我的人儿，
情意啊胶漆难分。

爱你啊爱在心里，
为什么总不敢提？
心里头深深藏起，
哪一天才会忘记？

苕之华

【题解】

这诗反映荒年饥馑。第一、二章以陵苕起兴，感于花木的荣盛而叹人的憔悴。第三章言百物凋耗，民不聊生。

苕之华①，
芸其黄矣②。
心之忧矣，
维其伤矣③。

苕之华，
其叶青青。

知我如此，
不如无生。

牂羊坟首④。
三星(鲜)在罶⑤。
人可以食，
鲜可以饱⑥。

【注释】

① 苕（音条）：植物名，又名凌苕、凌霄或紫葳。蔓生木本，花黄赤色。

② 芸：黄盛。

③ 维：犹何。

④ 牂（音臧）：母绵羊。坟：大。绵羊头小角短，但羊身越瘦就显得头越大。

⑤ 罶（音柳）：鱼笱。这句是说罶中没有鱼，水静静地，映着星光。一说，星读为"鲜（音星）"，小鱼。鱼小而少，所以不堪一饱。

⑥ 以上二句是说可以得到食物的人也少有能吃饱的。

凌霄花儿开放，　　　　早知道这样活着，
花儿正鲜黄。　　　　　有命还不如没有。
我的心儿忧伤，
多么地凄惶。　　　　　母绵羊偌大的脑袋。
　　　　　　　　　　　曲笼里几点儿星光。
凌霄花儿开放，　　　　那些个有得吃的人，
叶儿绿油油。　　　　　也少有填满饥肠。

何草不黄

【题解】

　　这是从役的兵士怨劳苦的诗。第一、三、四章都是怨奔走四方，不得休息。第二章怨夫妇离隔，不得团聚。

何草不黄^①！　　　　　匪兕匪虎，

何日不行！　　　　　　　率彼旷野^⑥。

何人不将^②！　　　　　哀我征夫，

经营四方。　　　　　　　朝夕不暇！

何草不玄^③！　　　　　有芃者狐^⑦，

何人不矜^④！　　　　　率彼幽草。

哀我征夫，　　　　　　　有栈之车^⑧，

独为匪民^⑤！　　　　　行彼周道。

【注释】

① 何草不黄：犹言无草不萎。诗人以草的憔悴象征人的憔悴。

② 将：行。上句是说一年之中无一日不奔走，这句是说无人能免于奔走。

③ 玄（古音 xín）：赤黑色，是百草由枯而腐的颜色。

④ 矜：和"鳏"字通。无妻为鳏，久役的人丧失室家之乐，等于无妻。

⑤ 匪民：非人。以上二句是说：我们从役的人难道不是人吗！

⑥ 率：循。以上二句言身非野兽而行于旷野。

⑦ 芃（音蓬）：本是众草丛生之貌，这里用来形容狐尾的蓬松。"有芃"二句就所见起兴。

⑧ 栈：就是"栈"，高。（"有栈之车"和"有芃者狐"句法相同，栈字应该是形容词。）

【今译】

什么草儿不枯不黄！　　　不是虎也不是野牛，
哪一天儿不在路上！　　　旷野里东奔西走。
什么人儿不奔不走！　　　可怜我这个小兵，
东西南北走遍四方。　　　早不息晚也不休！

什么草儿不黑不烂！　　　有狐狸尾儿蓬松，
什么人儿不打光棍！　　　青草里深深藏躲。
可怜我这个小兵，　　　　有兵车高高大大，
难道说偏不是人！　　　　大路上匆匆赶过。

大雅

绵

【题解】

这是周人记述其祖先古公亶父事迹的诗。周民族的强大始于姬昌时，而基础的奠定由于古公亶父。本诗前八章写亶父迁国开基的功业，从迁岐、授田、筑室直写到驱逐混夷。末章写姬昌时代君明臣贤，能继承亶父的遗烈。

绵绵瓜瓞①，　　　　　古公亶父③，
民之初生，　　　　　陶复陶穴④，
自土(杜)沮漆②。　　　未有家室⑤。

【注释】

① 瓞（音迭）：小瓜。诗人以瓜的绵延和多实比周民的兴盛。
② 土：读为"杜"，《汉书·地理志》引作"杜"，水名，在今陕西麟游、武功两县。武功县西南是故邰城所在地。邰是周始祖后稷之国。沮、漆都是水名，又合称漆沮水。古漆沮水有二：一近今陕西邠县，就是后稷的曾孙公刘迁住的地方；一近今陕西岐山，就是周文王的祖父太王迁住的地方。以上二句是说周民初生之地是在杜水、沮水和漆水之间。
③ 古公亶父：就是前注所说的太王。古公是称号，犹言故邠公。亶父是名。
④ 陶：窑灶。复：同"窑"，即旁穿之穴。窑、穴都是土室。这句是说居住土室，像窑灶的形状。
⑤ 家室：犹言宫室。以上二句是说亶父初迁新土，居处简陋。（本住豳地，因被狄人所侵迁到岐山。）

古公亶父，　　　　　周原膴膴[11]，

来朝走马[6]，　　　　堇荼如饴[12]。

率西水浒[7]，　　　　爰始爰谋。

至于岐下[8]。　　　　爰契我龟[13]，

爰及姜女[9]，　　　　曰止曰时[14]，

聿来胥宇[10]。　　　　筑室于兹。

【注释】

⑥ 朝：早。走，《玉篇》引作"趣"。趣马是驱马疾驰。这句是说亶父在早晨驰马而来。

⑦ 率：循。浒：厓岸。

⑧ 岐下：岐山之下。岐山在今陕西岐山东北。以上二句是说亶父循西来之水而到岐山下。

⑨ 姜女：亶父之妃，姜氏。

⑩ 胥：相，视。胥宇犹言相宅，就是考察地势，选择建筑宫室的地址。

⑪ 周：岐山下地名。原：广平的土地。膴膴（音武）：肥美。

⑫ 堇（音谨）：植物名，野生，可以吃。饴（音移）：用米芽或麦芽熬成的糖浆。堇菜和荼菜都略带苦味，现在说虽堇、荼也味甜如饴，足见周原土质之美。

⑬ 契：刻。龟：指占卜所用的龟甲。龟甲先要钻凿，然后在钻凿出来的空处用火烧灼，看龟甲上的裂纹来断吉凶。占卜的结果用文字简单记述，刻在甲上。契或指凿龟，也可能指刻记卜言。

⑭ 曰止曰时：止言此地可以居住，时言此时可以动工，这就是占卜的结果。

迺慰迺止 ⑮，　　　　　乃召司空 ㉑，

迺左迺右 ⑯，　　　　　乃召司徒 ㉒，

迺疆迺理 ⑰，　　　　　俾立室家。

迺宣迺亩 ⑱。　　　　　其绳则直，

自西徂东 ⑲，　　　　　缩版以载 ㉓。

周爰执事 ⑳。　　　　　作庙翼翼 ㉔。

⑮ 迺：古文"乃"字。慰：安。这句是说决定在此定居。

⑯ 这句是说定居之后又划定左右隙地的用途。

⑰ 疆：画经界。理：分条理。

⑱ 宣：言导沟洫泄水。亩：言治田垄。

⑲ 自西徂东：西东指周原之内，举西东以包南北。

⑳ 周：遍。以上二句是说周原之内无人不担任工作。

㉑ 司空：官名，营建的事属司空职掌。

㉒ 司徒：官名，调配人力的事属司徒职掌。

㉓ 缩：束。版：筑墙夹土的板。载：读为"栽"。缩版以载言竖木以约束筑墙的板。

㉔ 庙：供祖先的宫室。翼翼：严正貌。

捄之陾陾^㉕，　　　　　　乃立皋门^㉚，
度之薨薨^㉖。　　　　　　皋门有伉^㉛。
筑之登登^㉗，　　　　　　乃立应门^㉜，
削屡冯冯^㉘。　　　　　　应门将将^㉝。
百堵皆兴，　　　　　　　乃立冢土^㉞，
鼛鼓弗胜^㉙。　　　　　　戎丑攸行^㉟。

【注释】

㉕ 捄（音俱）：聚土和盛土的动作。陾陾（音仍）：众多。

㉖ 度：向版内填土。薨薨：人声及倒土声。

㉗ 筑：捣土。登登：捣土声。

㉘ 屡：古"娄"字，读同"偻"，隆高。削娄是说将墙土隆高的地方削平。冯冯（音凭）：削土声。

㉙ 鼛（音皋）：大鼓名，长一丈二尺。敲鼓是为了使劳动着的人兴奋。以上二句是说百堵之墙同时兴工，众声齐起，鼛鼓的声音反不能胜过了。

㉚ 皋门：王都的郭门。

㉛ 伉（音抗）：高。

㉜ 应门：王宫正门。

㉝ 将将：尊严正肃之貌。

㉞ 冢土：大社。社是祭土神的坛。

㉟ 戎：兵。丑：众。攸：语助词。这句是说兵众出动。出军必须先祭社，所以诗人将两件事连叙。

肆不殄厥愠^㊱，　　　　　　虞芮质厥成^㊷，

亦不陨厥问^㊲。　　　　　　文王蹶厥生^㊸。

柞棫拔矣^㊳。　　　　　　　予曰有疏附^㊹；

行道兑矣^㊴。　　　　　　　予曰有先后^㊺；

混夷駾矣^㊵，　　　　　　　予曰有奔奏^㊻；

维其喙矣^㊶。　　　　　　　予曰有御侮^㊼。

【注释】

㊱ 肆：故。殄（音佃）：绝。厥：其，指古公亶父。愠：怒。

㊲ 陨：失。问：名声。以上二句是说古公避狄而来未能尽绝愠怒，而混夷畏威逃遁，仍然保持声望。

㊳ 柞（音昨）：植物名，橡栎之一种。棫（音域）：小木，丛生有刺。

㊴ 行道：道路。兑：通。以上二句言柞棫剪除而道路开通。

㊵ 混夷：古种族名，西戎之一种，又作昆夷、串夷、畎夷、犬夷，也就是犬戎。駾（音队）：奔突。

㊶ 喙（音惠）：通"瘏"，困极。以上二句言混夷逃遁而窘困。

㊷ 虞：古国名，故虞城在今山西平陆东北。芮（音蕊）：古国名，故芮城在今陕西大荔南。质：要求平断。成：犹定。相传虞芮两国国君争田，久而不定，到周求西伯姬昌（即周文王）平断。入境后被周人礼让之风所感，他们自动地相让起来，结果是将他们所争的田作为闲田，彼此都不要了。

㊸ 蹶：动。生：读为"性"。这句是说文王感动了虞芮国君礼让的天性。

㊹ 予：周人自称。曰：语助词。王逸《楚辞章句》引作"聿"。疏附：宣布德泽使民亲附之臣。

㊺ 先后：前后辅佐相导之臣。

㊻ 奔奏：奔命四方之臣。奏，亦作"走"。

㊼ 御侮：捍卫国家之臣。以上四句言文王时代我周有这四种良臣。

【今译】

拖拖拉拉，　　　　　　　　神的主张刻在龟板上，
大瓜连小瓜，　　　　　　　说的是："停下""立刻"，
当初我们周族，　　　　　　"就在这儿盖起房"。
杜水沮漆是老家。
古公亶父，　　　　　　　　住下来，心安稳，
把山洞来挖，　　　　　　　或左或右把地分，
把地洞来打，　　　　　　　经营田亩划疆界，
那时候没把房子搭。　　　　挖沟泄水修田塍。
　　　　　　　　　　　　　从西到东南到北，
古公亶父，　　　　　　　　人人干活都有份。
早晨赶着他的马，
顺着西水岸，
来到岐山下。　　　　　　　叫来了司空，
和他的姜氏夫人，　　　　　叫来了司徒，
来找地方重安家。　　　　　吩咐他们造房屋。
　　　　　　　　　　　　　拉紧绳子吊直线，
　　　　　　　　　　　　　帮上木板栽木柱。
周原土地真肥美，　　　　　造一座庄严的大庙宇。
堇菜苦菜都像糖，
大伙儿有了商量。　　　　　盛起土来满满装，

填起土来轰轰响。
登登登是捣土，
凭凭凭是削墙。
百堵墙同时筑起，
擂大鼓听不见响。

立起王都的郭门，
那是多么雄伟。
立起王宫的正门，
又是多么壮美。
大社坛也建立起来，
开出抗敌的军队。

对敌的愤怒不曾消除，

民族的声望依然保住。
拔去了柞树和棫树。
打通了往来的道路。
混夷望风奔逃，
他们尝到了痛苦。

虞芮的争吵要我们来评，
文王感动了他们的天性。
我们有臣僚宣政策团结百姓；
我们有臣僚在前后保扶我君；
我们有臣僚睦邻邦奔走四境；
我们有臣僚保疆土抵抗侵凌。

生民

　　这是周人记录关于他们的始祖后稷的传说，歌咏其功德和灵迹的诗。第一章写姜嫄履迹感孕的神异。第二章写后稷诞生的神异。第三章写后稷被弃而不死的神异。第四章写后稷在幼年所表现的对农艺的天赋才能。第五、六章写后稷对农业的伟大贡献。第七、八章写祭祀。

厥初生民 ①，　　　　　以弗（祓）无子 ④。
时维姜嫄 ②。　　　　　履帝武敏，歆 ⑤。
生民如何？　　　　　攸介攸止 ⑥。
克禋克祀 ③，　　　　　载震载夙 ⑦。

【注释】

① 民：人，指周人。

② 时：是。姜嫄：传说中远古帝王高辛氏（帝喾）之妃，周始祖后稷之母。姜是姓。嫄，亦作"原"，是谥号，取本原之义。以上二句言姜嫄始生周人，就是指生后稷。

③ 禋（音烟）祀：一种野祭。祭时用火烧牲，使烟气上升。这里似指祀天帝。一说指祀郊禖。禖是求子之神，祭于郊外。

④ 弗："祓"的借字。祓是除不祥，祓无子就是除去无子的不祥，也就是求有子。

⑤ 履：践，踩。帝：天帝。武：指足迹。敏：脚拇指，武敏就是足迹的大指处。歆：欣喜。姜嫄践巨人脚印而感生后稷的故事是周民族的传说。（或疑履迹是祭祀仪式的一部分，即一种象征的舞蹈。所谓帝就是代表上帝的神尸。神尸舞于前，姜嫄尾随其后，践神尸之迹而舞。）

⑥ 介：读为"憩"，息。这句是说祭毕休息。

⑦ 震：娠，就是怀孕。夙：肃，言谨守胎教。

载生载育，　　　　　　　　上帝不宁，

时维后稷⑧。　　　　　　　不康禋祀⑭。

　　　　　　　　　　　　居然生子⑮。

诞弥厥月⑨，

先生如达⑩。　　　　　　　诞寘之隘巷⑯，

不坼不副⑪，　　　　　　　牛羊腓字之⑰；

无菑无害⑫。　　　　　　　诞寘之平林⑱，

以赫厥灵⑬。　　　　　　　会伐平林⑲；

【注释】

⑧ 时维后稷：即是为后稷。后稷又名弃。

⑨ 诞：发语词，有叹美的意思。弥：满。弥厥月言满了怀孕应有的月数。

⑩ 先生：犹言首生。如：读为"而"。达：滑利。这句是说头生子很顺利地生出。

⑪ 坼（音拆）：裂。副（音劈）：破析。这句是说生得滑利不致破裂产门。

⑫ 菑："灾"字的古写。

⑬ 赫：显。这句是说因上述的情况而显得灵异。

⑭ 宁、康都训安，言上帝莫非不安享我的禋祀吗？这是写姜嫄的惴惧。践大人迹而生子是大怪异的事，姜嫄疑为不祥，所以下文又说"居然生子"。

⑮ 居然：徒然。生子而不敢养育所以为徒然。这里三句辞意和下章紧相连接。

⑯ 隘：狭。这句是说将婴儿弃置在狭巷。

⑰ 腓：见《采薇》篇。字：乳育。

⑱ 平林：平原上的树林。

⑲ 会：适逢。这句是说适逢有人来伐木，不便弃置。

诞真之寒冰，　　　　　　以就口食㉕。
鸟覆翼之。　　　　　　　蓺之荏菽㉖，
鸟乃去矣，　　　　　　　荏菽旆旆㉗。
后稷呱矣㉜。　　　　　　禾役穟穟㉘。
实覃实讦㉑，　　　　　　麻麦幪幪㉙。
厥声载路㉒。　　　　　　瓜瓞唪唪㉚。

诞实匍匐㉓，　　　　　　诞后稷之穑，
克岐克嶷㉔，　　　　　　有相之道㉛，

【注释】

㉜ 呱：啼哭。
㉑ 实与"寔"同，作是解。覃：延。讦：大。
㉒ 载：满。以上二句言婴儿哭声壮大。
㉓ 匐：古音"必"。匍匐，伏地爬行。
㉔ 岐：知意。嶷：古音"逆"，认识。克岐克嶷是说能有所识别。
㉕ 以：同"已"。就：求。以上三句是说后稷当才能匍匐的时候就很聪颖，能自求口食。
㉖ 蓺：种植。荏菽：大豆。这句的"蓺之"两字贯下"禾役""瓜瓞"等句。
㉗ 旆旆：即"芾芾"，茂盛。
㉘ 役，《说文》引作"颖"，禾尖。穟穟：美好。
㉙ 幪幪（音蒙）：茂盛覆地。
㉚ 唪唪（音蚌），《说文》引作"菶菶"，多果实貌。以上五句是说后稷知道游戏时候就爱好种植，所种瓜谷无不良好。
㉛ 相：助。以上二句是说后稷的收获有助成之道，即指下文弗草等事。

茀厥丰草^㉜，　　　　　　　即有邰家室^㊴。

种之黄茂^㉝。

实方实苞^㉞，　　　　　　　诞降嘉种^㊵：

实种实褎^㉟。　　　　　　　　维秬维秠^㊶，

实发实秀^㊱，　　　　　　　　维穈维芑^㊷。

实坚实好^㊲。　　　　　　　　恒之秬秠^㊸，

实颖实栗^㊳。　　　　　　　　是获是亩^㊹；

【注释】

㉜ 茀：拔除。

㉝ 黄茂：指嘉谷。

㉞ 方：整齐。苞：丰茂。

㉟ 种：犹肿，肥盛。褎（音袖）：长高。

㊱ 发：舒发。秀：初长穗。

㊲ 坚好：言谷粒充实。

㊳ 颖：垂穗。栗：犹栗栗，众。以上五句依禾生长成熟的次第描写禾的美好，言外见出人工之善。

㊴ 邰（音台）：地名，又作"斄"，音同。邰故城在今陕西武功西南。这句是说后稷到邰地定居。相传后稷在虞舜时代佐禹有功，始封于邰。

㊵ 降：言天赐。

㊶ 秬（音巨）：黑黍。秠（音痞）：一稃（米壳）二米的黑黍。

㊷ 穈（音门）：赤苗嘉谷（初生时叶纯色）。芑（音起）：白苗嘉谷（初生时色微白）。

㊸ 恒：读为"亘"，犹满。恒之秬秠言遍种秬秠。

㊹ 是获是亩：收割而分亩计数。

恒之穈芑，
是任是负⑮；
以归肇祀⑯。

释之叟叟⑲，
烝之浮浮⑳。
载谋载惟㉑，
取萧祭脂㉒，

诞我祀如何？
或舂或揄⑰，
或簸或蹂⑱，

取羝以軷㉓。
载燔载烈㉔，
以兴嗣岁㉕。

【注释】

⑮ 任：犹抱。
⑯ 肇：始。以上五句言遍种四种谷，成熟后收获抱负而归，始祭上帝。
⑰ 揄，《说文》作"舀"，取出。
⑱ 蹂：揉搓。
⑲ 释：淘米。叟叟，亦作"溲溲"或"滫滫"，释米之声。
⑳ 烝：同"蒸"。浮浮，《说文》引作"烰烰"，热气上升貌。以上四句写准备用于祭祀的米和酒。
㉑ 惟：思。言思念于祭祀的事。
㉒ 萧：香蒿。祭脂：即牛肠脂。祭祀用香蒿和牛肠脂合烧，取其香气。
㉓ 羝（音底）：牡羊。軷（音钵）：祭道路之神。因为将要郊祀上帝，先祭道神，就是《说文》所说"将有事于道，必先告其神"。这句是说取牡羊为牲以用于軷祭。
㉔ 燔（音烦）、烈：烧烤。这句是说将萧与脂烧燎起来。
㉕ 岁：古读如"雪"。嗣岁，来年。这句是说祭祀是为了兴旺来年，意思就是祈求来岁的丰年。

386   诗经选

卬盛于豆㊶，　　　　　　胡臭亶时㊲？

于豆于登㊷。　　　　　　后稷肇祀，

其香始升，　　　　　　　庶无罪悔，

上帝居歆㊸，　　　　　　以迄于今㊳。

【注释】

㊶　卬（音昂）：我。

㊷　豆：盛肉食器，木制。登：瓦豆。

㊸　居：安。歆：享。

㊲　胡：犹何。臭：气息。即指上文"其香始升"的香。亶：诚。时：得其时。这句是说何以那馨香之气这样地真正得其时呢，这是赞美的话。

㊳　迄：到。以上三句是说后稷始创周人的祭祀制度，直到于今，庶几乎没有获罪于天，遗恨于心的事了。

是谁生下第一代周人，
姜嫄就是那位母亲。
且说周人怎样降生。
有一天姜嫄行禋祭，
因为无儿求上帝。
她踩着上帝的脚拇指印，
　心里欢喜。
就在那里停下来休息。
她怀孕了，不敢大意。
后来生了孩子，
那就是后稷。

姜嫄怀足了十月胎，
头生子像只小羊滑下来。
不破也不裂，
无灾又无害。
这些事情显得多奇怪。
莫非上帝不愉快，
我的祭祀他不爱。
教我有儿不敢养，白白生
　下来。

把他扔在胡同里，
牛羊一齐来喂乳；
把他扔在树林里，
恰巧有人来砍树；
把他扔在寒冰上，
鸟儿展翅将他护。
鸟儿飞去了，
后稷哇哇哭。
哭声又长又洪亮，
大路上听得满清楚。

后稷才会爬，
就显出智慧，
能把食物找到嘴。
他去种大豆，
大豆棵棵肥。
满田谷穗个个美。
麻和麦子盖田野。
大瓜小瓜都成堆。
后稷种庄稼，
有他的好方法，

先把乱草除，
后把好种下。
苗儿齐整又旺盛，
长高又长大。
慢慢发育出穗子，
结结实实谁不夸。
无数的谷穗沉沉挂。
后稷到邰地成了家。

天降好种真出奇：
两种黑黍叫作秬和秠，
又有赤苗的糜和白苗的芑。
黑黍遍地长，
收割按亩来算计；
糜和芑也是种满地，
抱起背起送家里；
回家开始把神祭。

要问祭神怎么祭？

有人忙舂米，有人忙舀米，
有人舂二道，有人簸糠皮，
响叟叟是淘米，
气腾腾是蒸米。
然后商量好主意，
采些香蒿和油脂，
公羊先把道神祭。
烧起来，烤起来，
祈求来年丰产如人意。

祭品盛在木碗里，
木碗瓦碗都盛些。
香气开始升上天，
上帝安然来受祭，
这香气为何真正合时宜？
自从后稷创祭礼，
无灾又无难，
直到今日里。

公刘

【题解】

　　这是周人叙述历史的诗篇之一，歌咏公刘从邰迁豳的事迹。第一章写起程之前。第二章写初到豳地，相土安民。第三章写营建都邑。第四章写宴饮群臣。第五章写拓垦土田。第六章写继续营建。

笃公刘①，	于橐于囊⑥。
匪居匪康②。	思辑用光⑦。
迺场迺疆③，	弓矢斯张，
迺积迺仓④。	干戈戚扬⑧，
迺裹糇粮⑤，	爰方启行⑨。

【注释】

① 笃：厚。每章以"笃"字起头，赞美公刘厚于国人。公刘：后稷的后裔。公是称号，刘是名。
② 居、康都训安。这句说公刘在邰不敢安居。
③ 场（音易）、疆都是田的界畔。疆是大界，场是小界。这句是说修治田亩。
④ 积：在露天堆积粮谷。仓：在屋内堆积粮谷。以上都是叙在邰地故居的事。
⑤ 糇：干粮。
⑥ 囊、橐都是裹粮的用具，就是口袋。囊有底，橐无底（盛物则结束两端）。
⑦ 辑：和。用：犹而。这句是说公刘要使人心和协，国族光大。
⑧ 干：盾。戚、扬：都是武器，斧类。
⑨ 爰：犹于是。方：始。启行：开辟道路。

笃公刘，　　　　　　　　　维玉及瑶，

于胥斯原 ⑩。　　　　　　鞞琫容刀 ⑮。

既庶既繁 ⑪，

既顺迺宣 ⑫，　　　　　　笃公刘，

而无永叹。　　　　　　　逝彼百泉 ⑯，

陟则在巘 ⑬，　　　　　　瞻彼溥原 ⑰。

后降在原。　　　　　　　迺陟南冈 ⑱，

何以舟之 ⑭？　　　　　　乃觏于京 ⑲。

【注释】

⑩ 胥：相察，和《绵》篇"胥宇"的"胥"相同。斯原：指豳（今陕西彬州）地的原野。

⑪ 庶、繁言陆续随公刘迁来的人多了。

⑫ 顺：安，和。宣：通"畅"。这句连下句是说众人情绪和畅，安于新土，没有长叹的人。

⑬ 巘（音鲜）：不连于大山的小山。这句和下句写公刘上下山原，相察地势。

⑭ 舟：通"周"。周，环绕，带。这一问句的作用是引起对于公刘身上佩件的描写。

⑮ 鞞（音俾）：刀鞘上端的饰物。琫（音蚌）：是刀鞘下端的装饰。容刀：佩刀。这句是说用玉、瑶装饰鞞、琫。

⑯ 逝：往。百泉：众泉。

⑰ 溥：大。以上二句是说公刘往于众泉之间，视察广大原野。

⑱ 迺：与"乃"同。

⑲ 觏：见。京：豳之地名。当在南冈之下。

京师之野^⑳，　　　　　　　跄跄济济^㉔。

于时处处^㉑，　　　　　　　俾筵俾几^㉕，

于时庐（旅）旅^㉒，　　　　　既登乃依^㉖。

于时言言，　　　　　　　　乃造其曹^㉗。

于时语语。　　　　　　　　执豕于牢^㉘。

　　　　　　　　　　　　　　酌之用匏^㉙。

笃公刘，　　　　　　　　　食之饮之，

于京斯依^㉓。　　　　　　　　君之宗之^㉚。

【注释】

⑳ 师：都邑之称，如洛邑亦称洛师。京师就是京邑。京师连称始见于此，后来才成为天子所居城邑的名称。

㉑ 于时：即于是。处：居住。

㉒ 庐、旅同义，寄。疑原作"庐庐"或"旅旅"，和上下文一律用叠字。以上二句是说使常住的人有住处，远来暂居的人有寄托处。以下二句描写众人笑语欢乐。

㉓ 依：言安居。上章"处处"是众民定居，这里"斯依"是君长定居。

㉔ 跄跄（音抢）：行动安舒貌。济济：庄严貌。

㉕ 筵：竹席，铺在地上。俾筵就是说使众宾就席。几：坐时凭倚的用具。

㉖ 登：谓登席。依：谓凭几。

㉗ 造：犹比次。曹：群，指众宾。席位是按尊卑排定次序的，众宾坐定以后次序就很清楚了。

㉘ 牢：猪圈。

㉙ 酌之：言使众宾饮酒。匏：匏爵。一匏破为二，用来盛酒，叫作匏爵。

㉚ 宗：宗主。君之宗之就是为之君为之宗。之指众宾，也就是众臣，与上文一致。

　　　　　　　　　　　　　　　　　　　　　　　　诗经选

笃公刘，　　　　　　　　彻田为粮㊱。
既溥既长㉛，　　　　　　度其夕阳㊲，
既景迺冈㉜，　　　　　　豳居允荒㊳。
相其阴阳㉝，
观其流泉。　　　　　　　笃公刘，
其军三单㉞，　　　　　　于豳斯馆㊴。
度其隰原㉟，　　　　　　涉渭为乱㊵，

【注释】

㉛ 溥：广。既溥既长言土地开垦面积已很大。

㉜ 景：日影。这里作为动词，言测日影定方向。冈：登冈。

㉝ 阴：山北。阳：山南。

㉞ 其军三单：单读为"禅"，更代。言成立三军而用其一军，更番相代。

㉟ 度（音夺）：测量。

㊱ 彻：治。以上三句似谓使三军轮流度测隰原，从事治田。

㊲ 阳：日。山的西面夕时见日，所以叫夕阳，正如山东叫朝阳。这句是说扩展种植的土地，开辟山的西面。

㊳ 允：实在。荒：大。这句是说豳人的居地确是很广大了。

㊴ 馆：建房舍。这句是说造宫室。

㊵ 乱：于水的中流横渡。

取厉取锻^㊶。　　　　　遡其过涧^㊺。

止基迺理^㊷，　　　　　止旅乃密^㊻，

爰众爰有^㊸。　　　　　芮鞫之即^㊼。

夹其皇涧^㊹，

【注释】

㊶ 厉：即砺，糙石，用来磨物。锻，又作"碫"，椎物之石。砺、锻都是营建时需要的东西。

㊷ 止基：言居处的基址。理：治理。

㊸ 有：犹众。这句是说来居住的人众多。

㊹ 皇：涧名。这句是说人夹皇涧而居。

㊺ 过：涧名。遡：向。这句说或面向过涧而居。

㊻ 止、旅：常住者和寄住者。密：安。这句是说止居的人众多。

㊼ 芮，亦作"汭"，水流曲处岸凹入为汭，或叫作隩，凸出为鞫。之：犹是。芮鞫之即就是说就水涯而居。或许有陆续迁来的人，所以再作一番安顿。

好心的公刘，
他不敢安居只顾忙。
忙着修田界，
忙着谷上仓。
干粮收拾好，
各种袋子装。
他要团结大众争荣光。
大伙儿张开弓，
盾牌、长戈、板斧都扛上，
迈开脚步向远方。

好心的公刘，
看准了这块地。
人民越聚越多，
个个都觉满意，
没有一个人叹气。
他一会儿上山冈，
一会儿下平地。
腰里带着啥东西？

玉石多么美，
装饰刀鞘的头和尾。

好心的公刘，
走向众水泉，
观看广大的平原。
他登上南冈，
发现了叫作京的地方。
就在京邑的旷地，
长住的安了身，
寄居的有了房，
到处有谈笑，
到处闹嚷嚷。

好心的公刘，
在京邑安家停当。
臣僚们走来严肃安详。
叫他们就竹席、就矮几，
身靠矮几坐席上。

次序分明列成行。
把猪赶出圈。
用瓢舀酒浆。
让大家有吃又有喝，
做大家的君主和族长。

好心的公刘，
开辟土地宽又长，
观测日影上高冈，
勘察山南和山北，
看看流泉去哪方。
成立三军轮班用，
洼地平地都丈量，
开出田地产食粮。

丈量展到山西方，
豳人的土地真宽广。

好心的公刘，
在豳又把房屋建。
横渡渭水河，
把磨石采又把碫石搬。
房基墙脚都修筑，
人多力众真可观。
皇涧两岸都住满，
顺着过涧向上展。
定居人众都安顿，
一直住到芮水湾。

周颂

载芟

【题解】

　　这是周王祭社稷（土谷之神）的乐歌。从开端到"绵绵"句都是写农夫力田和禾谷成长的情形。"载获"四句写丰收。"为酒"七句写祭祀得福。最后三句表示对神的感谢。

载芟载柞 ①，
其耕泽泽（释释）②。
千耦其耘 ③，
徂隰徂畛 ④。
侯主侯伯 ⑤，
侯亚侯旅 ⑥，
侯强侯以 ⑦。
有嗿其馌 ⑧，
思媚其妇 ⑨，
有依其士 ⑩，

【注释】

① 芟：除草。柞（音窄）：除木。

② 泽泽（音释释）：解散。以上二句是说先除草木然后耕地，似是新开的田。

③ 耦：二人并耕。千耦言其多。耘：去田间的草。

④ 隰：低湿之地，即指田地所在。畛（音珍）：田畔路径。

⑤ 侯：语助词。主：家长。伯：长子。

⑥ 亚：长子以次的诸子。旅：众，指更幼的一群。

⑦ 强：强有力。以：用或干。这句是总束上文，言这些人都强壮而得力。

⑧ 嗿（音毯）：众声。送饭的妇女不止一人，行走和笑语的声音众多。

⑨ 思：语助词，和有嗿、有依等有字作用相同。媚：美好。

⑩ 依：壮盛貌。士指在田中耕作的男子。一说依是爱悦依倚之貌，上句媚字也作为爱悦的意思。言送饭的妇与耕作的士彼此相媚相依，也可以通。

　　　　　　　　　　　　　　　　　　诗经选

有略其耜^⑪。　　　　　绵绵其麃^⑯。

俶载南亩，　　　　　载获济济^⑰，

播厥百谷。　　　　　有实其积^⑱，

实函斯活^⑫，　　　万亿及秭^⑲。

驿驿其达^⑬。　　　为酒为醴^⑳，

有厌其杰^⑭，　　　烝畀祖妣^㉑，

厌厌其苗^⑮。　　　以洽百礼^㉒。

【注释】

⑪ 略，古作"㓢"，锋利。耜：农具名，用来插地起土。其柄名为耒。

⑫ 函：含藏。活：生气。

⑬ 驿驿（音译），《尔雅》作"绎绎"，连续貌。达：生。

⑭ 厌：饱满。杰：先长特出的苗。

⑮ 厌厌，《集韵》作"稴稴（音厌）"，苗齐貌。这句厌厌是"稴稴"的假借。以上三句是说禾苗连续出土，那杰出的异常饱满，一般的很齐整。

⑯ 绵绵：详密。麃（音标）：除禾苗之间的草，是耘的别名。

⑰ 济济：众多貌。

⑱ 实：满。积：见《公刘》篇。

⑲ 秭（音姊）：万亿。以上三句言收获多。

⑳ 醴：甜酒。

㉑ 烝：进。

㉒ 洽：合。百礼：各种祭礼。以上三句言所收的谷可以造酒，供祭祖先和各种祭祀之用。

有飶其香㉓，　　　　　匪且有且㉕，

邦家之光。　　　　　匪今斯今㉖，

有椒其馨，　　　　　振古如兹㉗。

胡考之宁㉔。

【注释】

㉓　飶（音必）：本字为"苾"，芬芳。这句和下文"有椒其馨"都是用草木的馨香喻酒醴的馨香。

㉔　胡：寿。考：老。胡考安宁和邦家光大都是说因祭祀合礼而得福。

㉕　匪：读作"非"。且（音租）：此，指丰收。匪且有且是说不敢期望这样的丰收而竟有这样的丰收。

㉖　匪今斯今：言不敢期望现在就能实现的而竟然现在就实现了。

㉗　振：起。振古犹言由古。这句是说得到神祐不始于今日，从古以来就这样了。

除草又除杂树，
接着耕田松土。
千双农夫锄草，
走向低田小路。
家主和他的长男，
跟着许多子弟，
个个都是好汉。
送饭的说说笑笑，
妇女人人美好。
男子干劲旺盛，
犁锹锋利有刃。
开始耕种南亩，
播下各种禾谷。
种子生气内蓄，
苗儿连续山土。
杰出的苗儿特美，

一般的整整齐齐。
薅草频繁细密。
收获累累众多，
众多粮食堆积，
堆积千亿万亿。
用来酿造酒醴，
奉祭先祖先妣，
供应各种祭礼。
祭筵酒气芬芳，
邦家光大盛昌。
酒香伴着椒香，
老人长寿安康。
这景象超过希望，
有今天何曾料想，
自古以来就是这样。

良耜

【题解】

　　这是周王秋冬报赛(答谢神祐)的乐歌。前十二句写耕耘，"获之"以下七句写收获，末四句写祭祀。

畟畟良耜①，　　　　　　　　载筐及筥③，
俶载南亩。　　　　　　　　其饟伊黍④。
播厥百谷，　　　　　　　　其笠伊纠⑤，
实函斯活。　　　　　　　　其镈斯赵⑥，
或来瞻女（汝）②，　　　　以薅荼蓼⑦。

【注释】

① 畟畟（音侧）：耜深耕入土之貌。

② 瞻：视。女：对耕者而言。

③ 筥：圆筐。

④ 饟（音向）：同"饷"，将食物给人叫作饷。伊：犹是。以上三句是说有人送食物给农夫，用筐筥盛着黄米饭。

⑤ 纠：纠纠纠。"纠纠"见《葛屦》篇。笠用草编，所以用纠来形容。

⑥ 镈（音博）：农具名，用来除草。赵，《周礼·考工记》郑注和《集韵》引作"挆"，刺，言刺土去草。

⑦ 薅（音蒿）：拔除田草为薅。荼：陆地秽草。蓼：水田秽草。

茶蓼朽止，　　　　　　百室盈止，

黍稷茂止。　　　　　　妇子宁止⑫。

获之挃挃⑧，　　　　　杀时犉牡⑬，

积之栗栗⑨，　　　　　有捄其角⑭。

其崇如墉，　　　　　　以似以续⑮，

其比如栉⑩，　　　　　续古之人⑯。

以开百室⑪。

【注释】

⑧ 挃挃（音至）：割取禾穗的声音。

⑨ 栗栗：众多。

⑩ 比：排列迫近。栉：理发器，梳篦总名。以上二句言谷堆既高且密。

⑪ 百室：指储藏谷子的仓屋。

⑫ 宁：言农事已毕安闲无事。

⑬ 时：犹是。犉：见《无羊》篇注。杀牛用于祭社稷。

⑭ 捄：见《小雅·大东》篇注。

⑮ 似：嗣续。

⑯ 古之人：指先祖。言先祖于秋收之后常举行这种祭典，现在正是嗣续古人。

【今译】

犁头嚓嚓入土，
南田耕种初忙。
播下多种禾谷，
颗颗活力涵藏。
有人前来看望，
拿着方筐圆筐，
送来热饭黄粱。
笠子草绳缭绕，
锄具正把土削，
薅除水陆杂草。
杂草全都烂掉，
黍子稷子并茂。

刷刷地收割，
多多地堆积，
堆得墙一般高，
梳篦一般密，
上百的仓屋开启。
仓屋装满了，
妇女儿童得到休息。
宰牛献到祭坛，
长角向上弯弯。
这祭礼延续久远，
自古代代相传。